U0027905

愛情，欠了我們一分鐘

橘子作品 07

We Deserve One More Minute

自序

有一段時期

有一段時期，我很迷上刻意不給書裡的男女主角、甚至是絕大部分出現的人物取名字。那時候我大概有點過度著迷村上春樹，當然我自身的懶散才是絕大部分的原因，不過至今我依舊搞不太懂的是：爲什麼我願意花去大把時間寫作，甚至是爲了標點符號或者文字段落煩惱，但就唯獨對於取名字這件事情說不通的排斥、推拖呢？想來橘子這筆名的最初由來也挺馬虎的。坦白說，我不是很喜歡這筆名，不過事到如今，好像也無所謂了。

那是我寫作第三年第四年左右的事情，那段時期。

從《對不起，我愛你》開始，之後還包括《妳的愛情，我在對面》、《寂寞，無上限》以及《只是好朋友?!》的前身，最後不愛給書中人物取名字這件事句點於這本《愛情，欠了我們一分鐘》，因爲我發現這件事情不但不再好玩，而且影響到了故事本身的閱讀性：因爲書裡僅以你、我、他對稱，並且時序交錯於現在與過去，這讓這故事讀來容易混淆並且錯亂，關於這點，我感覺到很抱歉，對於這本《愛情，欠了我們一分鐘》，我很過意不去，就像當初對於《不哭》的前身版本那樣：是個好故事，但我卻沒能表達好。

在重新給故事裡的人物補上名字，並且把故事裡的現在與過去以不同字形清楚界定的再次潤稿過程中，我感覺彷彿穿越過時光隧道重新看見了當時的那個我，以及往後的寂寞美學書系的縮影；書的開頭讓我想起《妳沒說再見》，而結尾的寫法讓我想起《貓愛上幸福，魚怎會知道》，書裡一再出現的擁抱這兩個字，則大概是當時的我預告自己，往後我將會寫一本我自己滿意得不得了的作品：《我想要的，只是一個擁抱而已》。

於是我才知道，原來橘字風格的轉變，是從這《愛情，欠了我們一分鐘》開始的。不過好玩的是，在我寫這本書的那一年，我做了三個決定：休學，不再寫作，找個穩定的工作。而那一年，我做的三件事情則是：休學，寫《愛情，欠了我們一分鐘》，然後參與《惡魔在身邊》的編劇。

於是我總會想起這一句話：不要在機會來臨前的一分鐘，放棄你自己。

橘子二〇一〇

原序

關於無名咖啡館

在我的書裡經常出現的這間咖啡館，沒有名字的咖啡館，以一種冷漠的姿態出現，不歡迎也不拒絕書裡的人物進入，或者相遇，然後離開；關於無名咖啡館的文字敘述幾乎完全性的相同，篇幅大概有兩頁左右，我不是在打混，而是故意這麼做的。

我只是在想，每個人，其實都需要這麼個地方，這麼個最自己的地方，一個可以和自己好好待一會的地方。

可能是咖啡館、可能是夜店、可能是陽台、也可能只是一個街的轉角……它最好夠隱密，它最好夠冷漠，它最好夠姿態，它最好不打擾，對我而言，它是個咖啡館，而這個它，就是我固執著重複出現於小說中的無名咖啡館。

實際上它第一次出現是在《遇見》，而第一次冷漠老闆娘開口說話則是在《唱給火星人的十首情歌》，而這一次老闆娘也牽進故事裡，這《愛情，欠了我們一分鐘》。

而每次每次，我都以爲這是自己最後一次提起它了，結果在接下來的《對不起，忘了你》裡，忍不住的、還是又讓故事裡的人物走進去它一次。

不過在現實生活中，它並不存在，或者應該說是，我還沒發現，這、我自己的無名咖啡館。

想來最接近的，大概是我當年還在高雄念書時，某個無意間發現的咖啡館，老老舊舊的那種，名字想不起來，地址是在小港，而我只去過一次；那一次，我從台南探完朋友在回學校的途中，我迷路，在迷路的途中，我瞥見這名字想不起來的咖啡館；那一次，我一個人，坐在最角落的位子上，對著牆壁、竟就哭了出來，爲什麼哭？不知道，只記得當時沒有人打擾我，而我覺得這樣子很好。

不知道爲什麼，在事隔多年的現在，我依舊深深的記得自己的那個畫面，那個下午，還有那個只去過一次的、記不起名字的咖啡館。

橘子二〇〇六

第一章

◆之一 宋愛聖

電話才響了一聲就掛斷，連來電顯示也不用看的、就知道是女朋友的來電：響一聲就掛斷，我們之間的暗號，不管我人是不是在會議中都得馬上回電的暗號。

我開會時從來就不接聽任何的電話，因爲思緒被打斷是一件很要命的事情、對於廣告人而言；不過女朋友不一樣，對她而言我除了是廣告人之外，還是她的男朋友，接到暗號就得立即回電的男朋友。

回電。

這夥人極有默契的立刻表演起開會時的談話，而其實我們正在麗塔的歡送會上，在這高級飯店的私人俱樂部裡，我作東爲麗塔送別，慶祝她人生中的新選擇——走入婚姻，離開台北，回到家鄉——瘋了嗎她？

回撥，才響了兩聲不到、女朋友就立刻接起：

『你還在開會？』

『是呀。』

『那你趕得及陪我參加婚禮嗎？』

『我不知道我們今天有婚禮呀？』

我試著幽默，不過很不成功。

『我之前就跟你說過了好嗎？我朋友今天結婚，你還說應該可以陪我去的！』

『可是——』

『你每次都這樣！答應了又反悔……』

女朋友開始數落我的不是，女朋友結束數落我的不是，五分鐘左右的時間就這麼在數落聲中過去，還好，還算划算。

還好我選擇馬上回電，否則事後要安撫女朋友、真不曉得要用掉我多少個五分鐘。

掛上電話，我露出鬆了口氣的表情，就是一個表情、這夥人就知道了前後的經過。

『老大的老大又不高興囉？』

「要命！老是要我陪她去那些我根本就不認識的人的喜宴。」

『不會剛好是樓下其中的一場吧？』

『希望不會這麼衰，要不我可能得和麗塔一起告老還鄉了。』

『喂！我是衣錦還鄉並不是告老還鄉好嗎？』

準新娘抗議著，關於我的老大不高興的話題就這麼被她巧妙的轉移開，真是善解人意的好女孩，真不愧是我最得力的特助。

告老還鄉。

話題不知道已經被扯到哪裡去了，但告老還鄉這四個字卻彷彿像黏住了似的、在我的腦海裡揮之不去。

□

家鄉。

東區，我從小生長的社區，不同於台北的東區，逐漸死亡中的社區，我從小生長的東區。

迷你的社區。

以一間每個年級只有兩個班級（我畢業那年甚至更濃縮到只剩一個班級）的國小為中心點，右側是一道高築的紅色圍牆，圍牆內是台糖的大片土地，土地上是清一色的日式老房子，老房子裡住著外省人的家庭，外省人的家庭過著他們自給自足的生活，從不跨越紅色圍牆的自己的生活。

我不知道為什麼，我問過爸爸，可是爸爸也不知道為什麼；爸爸說可能得問爺爺，可是爺爺早就掛了。

爺爺留給爸爸的米店就在迷你國小的左側，我們的家則位於米店的隔壁，距離學校只消一分鐘不到的腳程；而左側的最終站是一間小廟宇，香火鼎盛的迷你小廟宇，是我們這半個社區內所有居民虔誠的寄託；廟宇的前庭還有一隻石製的豹，直到童年結束、每年的農曆年初一清早，我做的第一件事情總是爬上那石豹、自以爲是馴獸師那般的瞎吼瞎叫著，等到媽媽拜拜結束、再火速的跳下、馬上吃起拜拜的餅乾來。

往迷你國小的前方延伸，是我們這社區主要的商店街、民生用品來源的全部：老舊的文具行、老闆是個光頭男，小小的麵包店、夫妻總是找錯錢，以及總是被我們這些臭小孩順手牽羊的賣著各式古早零嘴的傳統雜貨店，以及媽媽最愛的、我最討厭的中藥行，還有髮廊也是；商店街的終點是鄭立強他們家開的機車行（立強他爸還會免費幫我們修理腳踏車），這就是商店街的全部了。

機車行的旁邊是一道小小的鐵路平交道，鐵路平交道過去則是另一個世界，我們國小畢業之後才需要了解的世界。

迷你社區裡的居民全住在與商店街交錯的小巷弄內（大多數是違建），居民們的小孩全被告誡不准接近鐵路平交道。

其實這並沒有什麼大問題，對於我們而言，紅色圍牆內那半個神祕社區更甚於鐵路平交道外的大人世界要來得吸引我們。

我們總在放學後爬上紅色圍牆試著想往裡頭一探究竟，試著想要親眼目睹卻又始終望而卻步的神祕傳說：圍牆內以前是墳場，到了半夜、從前戰死的鬼魂就會跑出來操槍演習，土地下埋有日本人留下來的大量黃金。土地上的樹林總是鬼影幢幢，樹林旁日式老舊建築的居民其實是披著人皮的厲鬼，而至於紅色圍牆內那口傳說中的古井底下則是鎖住他們幽魂的骨灰。

五年級時的某天放學後，我和玩伴們打賭打輸了，我得到的懲罰是得跳下紅色圍牆把古井底下的骨灰帶回來，我當下的第一個想法是——要被媽媽知道我跑到紅色圍牆裡、肯定吃不完兜著走——不過最後我還是跳下了紅色圍牆；沒辦法、我從小就吃不得激將法。

不，其實跳下紅色圍牆的不只我、還有立強，誰教他欠我一大袋的彈珠還不出來，於是我硬拉著他陪我、以此一筆勾消。

紅色圍牆。

圍牆內的景色其實就和我們想像中如出一轍：日式老房子，茂密的樹林，稀少的居民，以及、彷彿迷宮般的複雜小路。

我和立強當時害怕極了，並不只是因爲迷路、而是當迷路時那座傳說中的古井就出現在我們眼前，我當時腿軟得說不出話來、而至於立強則是很乾脆的放聲大哭。

女鬼、女鬼會爬出來把我們吃掉！這是我們當時共同的恐懼。

我們當時共同的恐懼在多年前、多年後被日本人改拍成電影《七夜怪談》，以至於當時的《七夜怪談》之於我、不是恐怖片卻像喜劇片，不，或許還有那麼一點懷舊的成分在裡面也說不定。

在那趟丟足了臉的古井探險，最後出現的並不是女鬼、而是一個漂亮的女人，而且很明顯的、她並不是披著人皮的厲鬼，看就知道不是，女鬼才不會一副精明幹練的模樣。

『你們是圍牆外的小孩吧？』

這是女子開口的第一句話，我常在想，如果她知道圍牆外對他們的傳言、那麼她開口的第一句話應該就會變成：

『放心好了，我是人不是鬼。』

眞是多虧了立強哭得太過用力，女子於心不忍的把我們帶回她家喝果汁吃餅乾安撫；我當時心想還好她不是外婆，要不我們喝的肯定不是果汁而是符水，吃的不是餅乾而是棍子。

那是我第一次遇見妳，彈著鋼琴的美麗小女孩。

『他們是妳的學生嗎姑姑？』

而這是妳在那天唯一開口說過的話。

至少是那天我唯一聽妳說過的一句話。

『才沒有什麼女鬼、骨灰的，不過就是一個普通的古井而已。』

多年後、多年前，當我和立揚聊起這段往事時，我還是忍不住的笑意。

立揚是立強的雙胞胎弟弟，雖然大人們常搞不懂兄弟倆誰是誰，不過其實很好分辨的是、總跟在我身邊玩的小跟屁蟲是立強，從小就被當作是棒球國手訓練著的則是立揚。

立強是立揚來不及長大的雙胞胎哥哥，機車行的老闆娘是他們永遠美麗的年輕媽媽，而至於機車行的老闆則是長相超帥的年輕原住民爸爸。

『還好那天我在學校練棒球，要不被拉去的人肯定是我。』

「眞是註定的。」

『而且、其實你知道嗎？欠你彈珠的人其實是我不是我哥哥，哈！雙胞胎的好處就這樣。』

眞是註定的。

立揚有聽出我當時話裡的暗示嗎？可惜。所以小潔妳知道嗎？第一個遇見妳的人其實是我而不是立揚。

立揚。

我想立揚大概永遠也忘不了那一天是怎麼來又怎麼去的吧！

那年我國三而雙胞胎兄弟國一，我們都跨出了鐵路平交道並且正式告別童年，這意味著我們再也不適合像群野猴般、對著紅色圍牆爬上爬下的了，農曆年初一做的第一件事情也不是爬上廟宇前庭的石豹瞎吼瞎叫的、而是名正言順的賴床直到爽。

因爲課業壓力很重。

所以我們都很羨慕立揚，因爲課業壓力這件事情對於立揚而言從來就不是問題。

同樣是跨出鐵路平交道，立揚只要繼續專心練棒球、繼續專心把體格長好身體抽高，繼續專心讓大人稱讚這小孩了不起喔、未來要代表中華隊打奧運喔——這樣就好。而跨出鐵路平交道的我們卻是得在放學後由爸媽接送上補習班，每天跟著時間賽跑，然後在黑板上倒數著聯考的到來。

「你會不會後悔那時候沒跟你弟一起打棒球？」

『才不會咧，我受不了什麼事情都要跟他一起、連衣服都要穿一樣，超級討厭的！每次我們在一起的時候都要被問到底誰是誰。』

而這段對話竟然是我對立強最後的回憶。

這麼說對嗎？

那天立強的媽媽騎機車載著他去上補習班，雖然已經無從查證了、但我想像那天的立強肯定又是拖拖拉拉的——立強做任何事情都是拖拖拉拉的、除了放聲大哭之外——於是補習班的課已經開始了，而他們母子倆才正要從家裡出發。

鐵路平交道，柵欄放下，火車通過，柵欄升起。

酒醉的管理員疏忽了，沒發現還有另一台火車正要經過；柵欄升起未完，立強的媽媽匆匆忙忙的搶先通過，火車開來，悲劇發生。

這件悲劇在我們小小的社區裡引起了極大的震撼，甚至還上了當時的新聞頭條，而至於立揚和他的原住民爸爸則在不久之後就離開了這小小的社區。

幾年的時間經過，我們這個小小的社區著實被好好的重建了一番，道路拓寬了，違建拆除了，整個社區都現代化了、就連紅色圍牆也都只存在於我們的記憶裡了。

紅色圍牆內的居民簡直就像是手牽手似的、一戶戶遷走，隨即日式老建築被清空，樹林被砍掉，就連古井也被填平了、不見了，而傳說中日本人埋在土地下的大量黃金則正式的僅是傳說了。

紅色圍牆預定拆除的那一天，我們這群當年對著它爬上爬下的野猴子們很是正式爲它舉行了一場告別式；野猴子們各自穿著不一樣的學生制服，喝著同樣的啤酒，聊著共同的回憶、對於紅色圍牆的回憶。

閒聊中有人問起立揚，每個人的說法都很不一致，有人說他隨著帥哥爸爸回花蓮種田，有人說他們在台北開機車行，有人說帥哥爸爸娶了個後母，有人說立揚搞大了很多女生的肚子，有人說……

每個人的說法都不一致、但每個人的做法都一樣——每逢奧運、世棒賽、青棒賽……等等的，我們都會不約而同的打開電視尋找著立揚的身影，但不知道是立揚長大後變得太多還是怎麼樣？我們從來沒有在電視上看到過他。

這麼說對嗎？

◆之二
李小潔

沒想到還能再見你一面，沒想到再見面竟然就是七年八個月的時間過去。

整整十年，從初次遇見你，到再度重逢你，十年。

這十年。

爲了參加翊緋的婚禮，於是我回到這裡，台北，久違的台北，感覺好像變了很多，卻又好像什麼也沒改變。

這台北。

家裡的房子早已在七年八個月之前處置完全，於是這次的歸來，我暫時停留在旅館裡，小巧精緻的旅館，在東區；我不知道會在這裡停留多久，但希望不會是太久。

在一個地方待到有人認識，那就夠了。

七年八個月來的生活態度，我的生活態度。

投宿旅館的第一天，我便發了一場夢，被雨淋溼的夢。

場景是七年八個月之前居住著的那棟房子，我們共同居住的房子；在這黑漆漆的夢裡，雨下得好大；夢裡你不想理會我，你躲避著我、你的妻、這個我；你怨我，你躲我，可你無處可逃。

這黑漆漆的夢，雨下得好大，夢裡你執意要出門，你牽掛著病危的父親，你執意出門，我擔心，我想把你留下、在我身邊、陪我，可你躲我，你怨我。

驚醒了過來，從夢裡你怨恨的表情裡，我驚醒。

摸了摸臉頰，發現竟然淚溼了。

嘆了口氣，我起床梳洗，把無法理解的淚痕從臉頰洗掉，但無法理解的夢境卻依舊在我的身體裡繞跑，我覺得有點累，但我情願相信這是時差的緣故。

什麼也沒吃的只喝了一杯早晨咖啡（雖然嚴格說起來已經是下午了，而且過很久了），然後我出門，搭車到那奢華的飯店裡，參加翊緋的婚禮。

『日有所思，夜有所夢。』

新娘房裡，翊緋聽了我的夢境之後，如此說道。

「反對，我從來沒想過要嫁給那個人，再說、他爸爸病危的這件事根本說不通。」

『那可能是因爲妳惦記著我的婚禮，所以潛意識裡妳發了一場以爲自己結婚了的夢吧。』

「或許吧。」

『妳眞的不想結婚嗎？』

翊緋問。望著躲在濃妝底下的臉孔，我看不見翊緋此時眞正的表情。爲什麼新娘總是要化上那麼濃的妝呢？

「我差點就要披上白紗的。」

我以爲我這麼說了，但是結果我沒有。我只是低頭望著空白的無名指，然後想起那場夢，然後差了心情。

妳眞的不想結婚安定下來嗎？翊緋問。

而八年前的你，問的則是：妳怎麼會想要結婚安定下來？

結婚。

婚禮。

在婚禮的高潮、當新娘轉身丟捧花時，翊緋尷尬了我，她丟的捧花不偏不倚的落在我的面前，眾人一片歡呼，我只得彎腰撿起，尷尬。

手裡握著象徵下一個新娘的捧花，我提早離開。

無心無緒的在街上走著，沒有垃圾筒可以讓我丟棄這希望的象徵，也沒有空的計程車願意停下來載我離開；就這麼無心無緒的走著、想著，直到思緒被附近傳來的歌聲給吸引住爲止。

停下腳步，才發現我迷了路，而此時人正站在一家PUB前，像是著了魔似的，我一步一步的走下階梯，走進這間位於地下一樓的PUB，人滿爲患的一家店。

挑了最靠近門口的位置坐下，點了杯長島冰茶，在等待的同時，我低頭專注的凝望著空白的無名指，聽著台上的歌手唱著那首好久好久以前的歌曲：有多少愛可以重來。

常常責怪自己當初不應該　常常後悔沒有把你留下來
爲什麼明明相愛　到最後還是要分開
是否我們總是　徘徊在心門之外

詞／何厚華　曲／黃卓穎

「你眞是個年輕的老古董。」

思緒隨著歌聲回到了過去，然後再被全場打亮的燈光喚回，台上的歌手囉囉嗦嗦的話別：

『我是個喜歡廢話一堆的歌手。』

抬頭，我只覺得全身的血液彷彿凍結——

眞的是你！

是你。

你。

早在認識你之前我就遇見你了。

□

小時候我們一家四口住在台糖的眷村裡，眷村佔了這東區大半以上的土地，土地上有幽密的樹林、尤其是楓樹，樹林間是稀稀疏疏的日式老建築，日式老建築裡住的幾乎都是爺爺那種位階的將領，將領們在原來的土地上參與歷史，然後在一九四九年被歷史給退到這片土地來，在停滯的歷史裡，將領們慢慢變成了普通的老人們，老人們不再有力量教歷史爲他們而改變，老人們用他們的餘生見證歷史。

歷史課本裡的文字，老人們一生的見證。

反攻大陸的願景變成了只期盼能回到家鄉再見親爹親娘一面，老人們被歷史困住，困在這片土地上，這片在一九四九年之前、老人們聽也沒聽過的土地。終老。

直到終老都沒能有機會親口再喊一聲爹娘。

歷史爲這片佔去大半的土地築起一道圍牆、因爲某件現代的我們早已忘卻的歷史事件，因爲那我們不曾經歷於是直接忘記的歷史事件，老人們嚴厲禁止他們的後輩跨越這圍牆，這紅色圍牆。

紅色圍牆高築於這片土地的最左側，這片土地的中心點是一個聽說是日本人留下來的廢古井，最右側是個轉角，轉角過去筆直地通往後火車站，後火車站是當時這城市最繁華的地段。

當時這最繁華的地段裡有一間名聲響亮的新娘高職學校，高職學校裡的音樂老師就是我的姑姑，偶爾也兼教家政的姑姑。

一家四口，爺爺姥姥，姑姑和我。

有很長的一段時間，我始終把姑姑喊作是媽媽，而姑姑本人也很樂於被這麼誤會著，然而實際上在我的童年裡，姑姑確實就是扮演著媽媽的角色沒錯，雖然她這輩子從來沒有眞正是誰的媽媽過。

姑姑待我有如親生母親，姑姑有時會指著爸爸的照片——那些爺爺老唬弄我說是他年輕時的照片——以眷戀的語氣告訴我關於爸爸的種種；爸爸在姑姑的心中幾乎完美的形象，無從考證的、只屬於姑姑自己的記憶。記憶的末了總是感傷著爲什麼那樣好的人卻會早逝於異鄉呢？

姑姑從來就不提及關於媽媽的事情，不知道是不是因爲在她心裡、姑姑自認爲就是我母親的緣故，又或者只是因爲媽媽的印象之於姑姑、就如同我對於媽媽那般的淡薄。

不屬於我的記憶：年輕的爸媽相識相戀，兩個人直接了當的就跑去公證結婚，問也沒問一聲、就決定要我誕生，當爺姥第一次見到他們的媳婦時同時也看到了我，初生下的我，被留下的我；接著年輕的爸媽相偕到國外留學，因爲某件不幸的意外、爸爸過世，獨留下媽媽自己一個人固執著不肯回來。

『謎一樣的女人。』

姑姑對於媽媽唯一的記憶。

除了翻著爸爸的照片爲我塡充那空白到幾乎並不存在的記憶之外，姑姑最常做的事情就是教我彈鋼琴，教琴時的姑姑有時嚴厲有時溫柔有時斥責有時讚美，姑姑唯一固執的地方就是：絕對不允許我放棄練鋼琴。我不知道爲什麼，也沒想過要問，我以爲那是我的責任。

練彈鋼琴，我童年唯一的記憶。

童年。

在那個淡得幾乎沒有任何特別之處的夏天午后，一陣驚天動地的哭聲闖入了我們這如同老人般寧靜的土地，當時姑姑用眼神示意我繼續練琴，接著她獨自尋聲走了出去，沒多久之後，姑姑帶著兩個小男孩回來，而那年我十一歲，第一次在這土地上看到渾身汗臭味的髒兮兮小孩。

第一次看到同齡的小孩，在這片如同老人般寧靜的土地上，不屬於我們這世界的小孩。

「他們是妳的學生嗎姑姑？」

姑姑笑著搖頭，用嘴形告訴我他們是圍牆外的小孩、用眼神暗示我不要跟他們講話，接著姑姑離開去廚房拿來果汁和餅乾安撫應該是迷路了的他們。

樹林裡那彷彿迷宮般的複雜小路別說是他們了，就連我也常常弄錯方向。

一分鐘不到的時間，就當姑姑離開去廚房的那短暫時間裡，我放下練鋼琴的雙手，轉身仔細的好奇的盯著這兩個小男孩打量：一張臉孔五官深邃些、另一張平淡些，深邃的那張臉孔怯生生躲在平淡的臉孔身後，像個橡皮糖似的扭著他細細的雙腳。

那張臉孔有什麼捉住我吸引力的東西，爲了想弄清楚到底是什麼東西捉住了我的吸引力、於是我幾乎無禮的注視著他，但怎麼就是找不出來、那捉住我吸引力的東西；我只看見深邃的五官，濃眉大眼，紅通通的鼻頭下還掛著一條黃鼻涕，想必剛剛放聲大哭引來騷動的人就是這張臉吧！

『嘿！來幫我拿一下。』

姑姑的聲音從廚房裡傳過來，在我起身之前、那比較高的男孩就主動的前去幫忙了，走之前那掛著黃鼻涕的小男孩還緊張的拉住他衣角、一副好像落單了就會被我吃掉的模樣，但那高個子男生不理他、把這當作是他家一樣似的，轉身之前還對我笑了一下，簡直莫名其妙。

不知道爲什麼，被留下的這女孩似的小男孩，臉孔有股吸引力，吸引著我主動開口同他說話；連我自己也不知道爲什麼的、就是會想要找他說話。

多年後回想我才理解，那吸引力或許應該稱之爲費洛蒙，或者是你說的、愛。

當時趁著這獨處的空檔，我問他：

「喂！你幾歲？」

他沒說話，比出十根手指頭，然後一副又要哭出來了的模樣，眞是夠了。

「拿去擦鼻涕啦！髒死了。」

小男孩接過我遞給他的面紙，用力的把鼻涕擤了乾淨，然後楞在那不知所措。

「笨蛋瓜。」

我指著垃圾筒的方向，接著他聽話的把揉成一團的面紙丟進垃圾筒裡，然後才像是放心了似的，對著我傻笑。

「你叫什麼名字？」

姑姑和那高個兒剛好端著果汁和餅乾回到客廳，於是我把就要問出口的話硬生生的吞了回去。

我轉過身繼續練鋼琴，在琴音裡把這小男孩的臉孔仔細的記在我的腦海裡。

那是我第一次遇見你，這個愛哭的小男孩。

我第一次遇見你，在我十一歲那年。

而我只是在想，如果當時能夠再多給我們一分鐘的話，或許一切的一切就會完全不一樣了。

而我只是在想。

第二章

◆之一 宋愛聖

『老大、我們要去續攤，你要去嗎？』

麗塔的聲音把我喚回現實，回過神來，才發現叫來的五瓶紅酒已經被喝乾，一個人平均喝掉半瓶、難怪我覺得有點醉。

「我睡著了嗎？」

『還說夢話了咧！』

起身，腳步有些不穩，身體更是疲累得要命，不過精神卻沒道理的亢奮。

「我還得去個地方。」

『到底是什麼地方？每次都這麼神祕。』

他們抱怨著，於是我更樂得裝神祕。

『你偷偷告訴我嘛老大，反正我都要離職了。』

麗塔捱近我的耳邊說，不過我並不理她，喊來經理簽帳，然後我們走進電梯，下樓。

走出大廳時，正好遇到樓下的喜宴散場，隔著人群我們看見披著白紗的新娘被簇擁著上禮車，遠遠的、我覺得那新娘彷彿似曾相識，拚命的想記起、不過腦子卻更痛了。是翊緋嗎？哪有那麼巧。

酒眞的喝太多了。

『不會眞的剛好是你老大的朋友吧？』

麗塔的聲音打斷了我的頭痛，搖搖頭、我決定放棄，反正新娘不都那個樣：白紗、濃妝，以及對於幸福的誤解。

根本是種自殺的行爲，這結婚。

走出大門，人潮逐漸散去，以至於計程車一輛也叫不到。

算了，走走路吹吹風醒醒腦吧！反正也不遠，那個我的紅色圍牆、我自己，只有我自己知道的、另一個自己。

這一個自己已經醉得有點飄飄然了，而另一個自己卻清醒的執拗回憶著。

□

大學聯考放榜那年，爸爸終於一償宿願、做了三年前他早就想做的事情：像個鄉巴佬似的、放了長長鞭炮以慶祝兒子考上第一志願，並且爲了彌補三年前因爲顧忌機車行的喪事而不便張揚的遺憾而大肆擺桌宴客。

『沒想到我們這小地方終於也出狀元啦！』

大人舉杯歡呼著。狀元！什麼年代了還狀元咧！眞是夠土的。我在心底忍不住抱怨。

而至於我們這群童年的玩伴、則是趁亂幹了一箱啤酒，來到這小小社區裡唯一沒被改變的鐵路平交道旁慶祝，連同缺席了的雙胞胎兄弟倆、在我們心中，我們一起慶祝；黑夜裡我們席地而坐，就在這鐵門已經拉下了好久的機車行前，聊著早逝的立強，聊著現在不知道在哪個球場發光發熱的立揚，也聊著我們那段單純而又美好的時光。

「酒眞是夠難喝的，還好立強這輩子都不用喝到。」

『有啦他有喝過酒，他媽媽常常燉燒酒雞給他們吃。』

「主要是給立揚補的吧，立強只是順便吃而已，因爲反正剩下的丟掉也浪費。」

我說，然後大夥笑了起來。

眞是對不起了、立強，雖然你提早離開了我們，但我們還是一提起你就忍不住的拿你取笑。

單純而又美好的年代。

那晚的最後，我們一起喧鬧著、起鬨著決定撬開機車行的鐵門，在這已經久無人居的房子裡，度過我們共同的最後一夜；雖然有點愚蠢，不過當時的我們眞的很希望能在那夜裡、在那房子裡，看到立強回來探我們，就算他變成了鬼魂也好，因爲就算立強變成了鬼魂、也肯定是個膽小鬼，沒什麼好怕的。

不過很可惜的並沒有，立強的鬼魂沒有回來嚇我們，倒是旁邊鐵路平交道上來回通行的火車把我們吵得睡不著覺。

難怪立強每次窩在我床上睡覺時總是那麼好睡。

在那個即將變成大學生的夏天，我和高中幾個要好的同學們決定來個屬於我們自己的畢業旅行，我提議去花蓮，然後我們就去了，花蓮。

火車上，吵死人的十八歲，在熱鬧中，我完全忘記了花蓮和立揚的關係，滿腦子只想著晚上搞不好有機會和同學換房間，然後擊出和當時女朋友的全壘打；結果我們確實是換了房間，但卻沒有踩壘得分，當時的我們都是第一次性交，女朋友疼痛難耐的把我推開，我覺得很掃興又丟臉，心裡懊惱著明天眞不知道該怎麼跟其他人臭屁、而且搞不好還要被海虧一頓。

既幼稚又賭氣的我獨自離開民宿，一個人找了家小小的夜店待下。

小小的夜店，久違的立揚，我們完全想像不到的立揚，後來的立揚。

「眞的是你！」

認出了彼此之後，我們開心的擁抱著，不過老闆看起來並不怎麼爲我們開心的樣子，因爲立揚還在打工當中。

好不容易等到了立揚下班，我們換了地方，拎著一手啤酒，在花蓮的海邊，敘舊。

「沒想到你長得和我一樣高了。」

『別忘了我小你兩歲，沒多久就會高過你了。』

「哈！乾杯啦。」

一手的啤酒我們總共也沒喝幾口，倒是往事聊了不少；不過卻好默契的絕口不提鐵路平交道，還有他的雙胞胎哥哥立強。

「你爸咧？」

我很是好奇的問，心裡想像著那樣帥氣的男人到了這歲數不知道是否挺拔依舊？還是像我爸一樣、挺著個啤酒肚，心知肚明著好漢不提當年勇。

雙胞胎的爸爸當時一直就是我們那群小鬼頭裡長大後想要成爲的模樣。

『走了。』

「走了？」

『怪人，有天說要出去買包菸，出門後就沒再回來過。』

我不知道該怎麼接話，不過立揚倒是自己笑著釋懷：

『不用露出那種表情啦！想到哪去啦你？他還活著啦，偶爾我會收到他寄回家的錢，雖然是很偶爾。』

「爲什麼突然離家出走？」

『鬼才知道。』

我們絕口不提鐵路平交道，但它卻像道無形的牆，始終存在於我們的思緒裡，只要一沉默，它就跑了出來打擾。

爲了打破這沉默，我於是問起立揚的近況，我問他怎麼在這裡端酒杯打工？棒球還繼續打嗎？我告訴他、我們這群童年玩伴每回還是會收看電視轉播的棒球比賽，我們還是認爲總有一天會在電視上看到站在投手丘上的鄭立揚痛宰對手的畫面，然後接著我們會指著電視告訴身邊的不管是誰，說：這傢伙和我一起長大的！他從小就很神。然而立揚卻說：

『不打了。』

「爲什麼？」

倒抽了一口氣，我眞的倒抽了一口氣；難以置信，不打棒球的立揚比考上第一志願的我還要令人難以置信。

『Tommy John，你知道嗎？』

「不。」

投手的絕症。立揚聲音低低的說，手肘的韌帶斷裂，檢查出來、原來是Tommy John，從不樂觀到終於宣告醫不好，他只得放棄棒球；而現在半工半讀著希望能完成高中學業。

那未來呢？

『不曉得，看能不能考上大學吧，否則也不曉得能做什麼，除了打棒球之外、我還會做什麼？』

我也不知道，於是我無言以對，那是我第一次看到立揚在笑容背後的脆弱；不知道爲什麼，在那個當下，我想起早逝的立強，我想起我們當年的對話。

『爸爸說如果我大學沒考好的話就不給我讀了，要我和他一起修機車。』

「他嚇你的啦。」

『可是如果他是說眞的怎麼辦？』

「那很好呀，以後我找你修車，你不可以收錢。」

『我才不要修車咧！手髒髒油油的都洗不掉，很討厭。』

手髒髒油油的都洗不掉，很討厭。

立強說。

很討厭。

立強……

『你覺得我穿牛仔褲帥還是穿球衣帥？』

立揚的話將我從回憶裡喚回現實，我仔細的打量著他，然後誠實的說：

「我只能說、你的帥和你的穿著無關。」

『哈！眞不愧是讀書人，這麼會說話。』

「客氣了，不過現在換你拍我馬屁了。」

我玩笑似的說，而立揚卻認眞的回答了：

『我很羨慕你。』

「啥？」

『我哥很喜歡你。』

「啊？」

『那時候他老賴在你身邊不是嗎？雖然我們是雙胞胎，不過你們看起來卻比較像兄弟。』

「神經哦。」

『每次照鏡子看到自己的臉，總是還會想到哥哥。』

「因爲是雙胞胎嘛。」

『也對。雖然哥哥走了，但只要照著鏡子、還是可以知道哥哥長大後的樣子，呵！雙胞胎的好處。』

「你喜歡自己是雙胞胎的這件事嗎？」

『討厭得要命，每次我們在一起的時候都要被問到底誰是誰，連衣服都被穿一樣，搞不懂爲什麼我媽覺得這樣很好玩。』

忍不住我就笑了出來，立強也曾經說過這樣的話。果眞是雙胞胎。

『不過、以前很討厭，但之後倒覺得感謝。』

笑了笑，立揚又補了這麼一句。

外表幾乎完全一樣、但際遇卻大不相同的雙胞胎，一動一靜的雙胞胎。

想破了頭也搞不懂、爲什麼明明是相同的長相，但是立揚怎麼就是壓倒性比立強受女生的歡迎？雖然是幾乎相同的外表，但立揚給人的感覺就像是他那帥氣的原住民爸爸，而至於立強則像他們美麗的媽媽，不過對於這點立強本人倒是不以爲意的樣子。

而立強到底有沒有說他喜歡過哪個女生呢？我相當仔細的回想著。我努力的想要回想、然而立揚卻打斷了我：

『創傷症候群，你有聽過嗎？』

我搖搖頭，沒聽過；這彷彿與我無關的東西，我好像沒有道理要聽過。

『他們說我得了這個。』

「怎麼說？」

『因爲我沒哭過，從他們走了以後，我都還沒哭過，連爸爸離家出走也是，沒哭。』

捏了捏立揚的脖子，我覺得鼻子很酸，用眼角的餘光瞄著立揚，他的眼睛還是乾乾的。

也不知道是誰先開始的，在花蓮的海邊，我們開始哼起歌來；不提未來，也不想過去，沒有Tommy John，也沒有創傷症候群，只有歌聲，直到天亮。

天亮時我們起身道別，我說家裡的電話沒改、問立揚還有沒有我家的電話？他點點頭，說立強有我的畢業紀念冊、而他還留著，因爲上面有立強的筆跡。

立強怎麼會有我的畢業紀念冊？我當時腦海裡一閃而過這個疑惑，不過大概是太掛念著立揚了、我於是問他的不是這個疑慮、而是他的聯絡方式。

結果立揚卻說：

『這樣就可以了啦，我會打電話給你。』

「要打喔。」

『會啦。』

會啦。立揚說，不過他始終沒有這麼做過。

然後隨著生活的忙碌、我也慢慢把這件事情遺忘。

然後我變成大學生，我來到了台北，我遇見了妳。

再一次遇見妳。

◆之二 李小潔

再重逢，七年八個月之後的再重逢，我的反應是不知所措，你的反應卻是筆直的走向我。

十年前帥氣的大男孩如今變成了迷人的男人，不同的你、同樣的反應。

你笑著走向我，就如同十年前的那初次微笑，然而望著你的眼睛，我卻找不到十年前的那道光。

『眞的是妳！』

笑容在我的面前坐定，我不知道該怎麼反應，我知道這樣的反應很欠缺禮貌，但沒辦法、我不太適應身上帶著酒氣的這個你；我只得試著微笑的望著你、這張依舊俊俏的深邃臉孔，然後疑惑：你怎麼會瘦了這麼多？

『好久不見。』你又說。

「好久不見。」我也說。

然後是一陣長長的沉默。

沉默裡我忍不住問自己：會不會其實視而不見對於我們而言才是最好的選擇？就我們這對……該怎麼定義呢、我們？

『沒想到還能再遇見妳。』打破了沉默，你說。

「沒想到你還認得出我。」

『因爲妳完全沒變。』

「才怪，我老了都快八歲了。」

『眞的，妳一點都沒變。』

眞的，妳一點都沒變。你說，但你的眼神卻是赤裸裸地盯住我空白的無名指，我覺得不自在、於是將手收回放在桌子底下；你察覺了我的舉動，你換上一貫的笑容化解這由空白的無名指所延伸出來的不自在，然後試著輕鬆的問起我們七年八個月來的空白。

我說我去了美國和姑姑住在一起，表面上我是在幫忙打理她的事業，然而實質上我卻什麼要緊事也沒做，不過就是到各個國家走走看看、替她玩票似開的古董店找些什麼好貨源，比較累人的是得要參加拍賣會，不過倒也沒什麼好抱怨的，因爲比起一般人而言、日子過得還算是輕鬆愉快，偶爾會想念台灣、不過——

「不過很少回來了。」

你若有所思的微笑傾聽著，望著你此時的表情、我忍不住好奇：你是不是聽出了我沒說的那句話：因爲沒有必要了。

沒有必要了。

□

國小畢業的那年夏天，爺爺姥姥像是約好了似的、在前後不到一個月的時間相繼離世，對於爺姥過世的這件事情，姑姑倒也看得開，不知道是因爲爺姥的過世、任誰看來都該算是壽終正寢，又或者只是因爲姑姑的一生已經送過太多至愛的人離開了。

『可能只是懶得再搬家吧，所以搶先一步長眠算了。』

姑姑說，在爺姥共同的葬禮上；爺姥共同的葬禮，連媽媽也出現了。

我的媽媽。

像是畫出來似的美麗臉孔，細細長長的身材，全身守喪的黑，不太笑。這就是當時的我對於媽媽的所有印象了。

『來，媽媽抱抱。』

媽媽說，然後她蹲下來，張開雙手；我遲疑著該不該走進她的懷抱，在遲疑中姑姑輕輕的推了我一把，於是我重心不穩的跌進媽媽的懷裡，媽媽爲了接住我、下意識略掉了擁抱；於是乎我們母女倆第一次的擁抱、就這麼的被搞砸了。

像是個壞預兆似的、我眞覺得。

往後當我回想到這個畫面的時候，總懷疑到底是誰壞了這擁抱？遲疑的我？想幫忙的姑姑？突兀張開手臂的媽媽？我不知道；但我清楚的記得，當我跌進媽媽的懷裡時，首先感覺到的是、媽媽想要擁抱我的欲望已經消失了，我不知道那是因爲媽媽自己也不習慣擁抱女兒的關係。

第一次就沒成功的擁抱，到了後來也始終沒成功過，因爲當我們母女倆重新共同生活時，我早已經過了想撒嬌的年紀，而直接進入彆扭的青春期；而至於媽媽呢？我沒看過她擁抱過誰，她始終一個人忙呀忙的，好像她的生活裡除了忙碌之外、再也不需要其他別的什麼了。

不能習慣擁抱，媽媽遺傳給我的基因。

在爺姥的喪事告一段落的那陣子裡，這對重新認識彼此的姑嫂倆常關在房間裡長談，把我一個人留在客廳裡獨自練琴；對於她們長談的內容我一無所知，但她們長談的結論是在那個夏天我得跟著媽媽到台北同住，因爲這裡的房子反正即將拆除，並且姑姑聲稱她困在這島上太久了，她早就想找個機會放下在這裡的一切、到國外留學深造了。

『反正這裡也沒家了，所以也沒有必要留下。』

姑姑說。

正如同姑姑到了美國之後就決定乾脆移民不再回來那樣，當媽媽帶著我離開這社區之後，我們也就沒再回來過了。

反正這裡也沒家了，沒有必要了。

而鐵路平交道，是我對於這社區的最後記憶。

離開。

在那棟日式老房子裡，媽媽只決定帶走那架鋼琴還有爸爸的相簿，鋼琴在早一天就先託運北上等我們回家，回家的那一天，媽媽的行李裡只有爸爸的相簿和簡單的衣物，接著在姑姑的目送下，我們上火車，北上，離開。

當火車緩緩開駛時，我目不轉睛的盯著窗外的景色，那是我第一次得以看到紅色圍牆外的這半個社區；鐵路平交道外停著一輛又一輛的機車等待我們通過，機車上的面孔——那是個還沒被強制騎車得戴安全帽的年代——應該都是這住了十二年卻始終無緣見過面的鄰居們，被紅色圍牆隔開、爺姥口中形容成不要認識比較好的鄰居們。

像是在檢查什麼似的，在匆匆略過的時間裡，我盯著鐵欄杆前那一張又一張等待在火車通過的臉孔裡，過分仔細的尋找著，我想找看看有沒有當年吸引了我注意力的那張臉孔，但結果卻是徒勞無功，我只看到機車群一旁的機車行。

『在找姑姑？』

媽媽發現了我的舉動，不知道是好奇、還是找話聊那般的問道。

「不是啦，姑姑不會在那裡面。」

『爲什麼？』

「因爲那是紅色圍牆另一邊的人。」

『怎麼說？』

「爺爺說紅色圍牆外的人都是壞人。」

『傻孩子，這個島已經夠小了，沒必要再搞對立了，搞族群分裂眞是一件無聊透頂的事情。』

「什麼意思？」

『意思是……』想了想，媽媽放棄了解釋，像是想要按住偏頭痛似的按著太陽穴，媽媽只這麼說：『大人的話妳不必每句話都相信，以後妳就會知道了。』

以後妳就會知道了，媽媽說完之後，用手指順了順我的頭髮；以後妳就會知道，每當大人不想解釋些什麼、又或者他們也不知道該怎麼解釋的時候，總會用來搪塞小孩的一句話。

以後妳就會知道，句點的同義詞。

「媽媽？」

『嗯？』

「妳愛爸爸嗎？」

『妳這年紀問這問題還太早。』

以後妳就會知道。我自己在心底替媽媽接了這句。

這是當時在北上的火車裡，我們母女倆唯一的交談。

結果媽媽從來沒有回答過我這個問題。

愛這件事情在我認識之後的媽媽的世界裡好像並沒存在的必要，我也儘量不去思考媽媽到底愛不愛我。

很多事情我們都會認爲理所當然，但實際情形卻是、它們往往沒有我們認爲的那麼理所當然。

之後再想起這鐵路平交道時，是因爲它上了新聞的頭條，某個人爲疏失所導致的交通意外。

悲劇。

那年我國二，被升學壓力逼得喘不過氣來，琴沒怎麼練了，和媽媽見面的時間也少得幾乎可以說是沒有；我們雖然同住在一個屋簷下，但卻過著各忙各的生活，媽媽忙碌著她的政治運動，我忙碌著多讀點書好追趕上她的腳步。

倒是和姑姑還保持著密切的電話往來。

『妳記得以前我們住的那個地方嗎？』

在電話裡，姑姑突然聊起。

「記得，怎麼了？」

『妳沒看新聞？發生了好可怕的意外。』

「拜託哦姑姑，今天上課的時候，老師無聊問我們行政院長是誰都沒人答得出來了，光是背那些作古的歷史人物就夠受的了，哪來的時間看新聞呀。」

『說的也是。』

姑姑在電話的那頭笑著，在閒聊之後叮嚀著我寒暑假別忘了抽出時間去美國找她，末了還是不忘叮嚀我別把鋼琴給荒廢了。

掛上和姑姑的電話之後我下樓，本來是想找出報紙看看是怎麼回事的，但結果卻看到媽媽一個人坐在餐桌旁喝紅酒。

「妳回來啦。」

『妳還沒睡呀。』

我們異口同聲，然後是一陣短暫的沉默。

『在找什麼？』

沉默之後，媽媽問道。

「報紙。」

『哦……妳在找那個新聞吧？好像發生在以前妳們住的那個地方，那個火車意外，對吧？』

「嗯。」

在媽媽說話的同時，我仔細的盯住她的臉，被酒醺紅的雙頰，我用餘光瞄到擱在餐桌上的紅酒只剩下半瓶不到，不過從媽媽的語氣、神情裡，依舊察覺不出來她有半點微醺的姿態。

『好像是一對母子吧？那男生才小妳一歲，會不會是妳在那裡的朋友？』

「應該不是。那是圍牆外的地方，那地方上的人我們一個也不認識。」

就是在說這句話的當下，夏天午后的那張臉又重新回到我的腦海，臉孔已經模糊了，但那捉住我吸引力的東西卻依舊清晰。

搖搖頭，我把這個古怪的念頭揮去。

在心裡默數到十，鼓足了勇氣之後，我才得以問道：

「媽媽……爸爸是怎麼死的？」

幾乎是連想也沒想的，媽媽就把問題丟了回來給我：

『他們沒告訴過妳？妳的爺姥，還有妳姑姑？』

請不要……不要又躲避我的問題好嗎？

我感覺到我的憤怒在燒，我的理智在燒，我於是冷冷回答：

「沒有，他們也沒告訴過我關於妳的任何事。」

我感覺到媽媽錯愕了一會，但隨即又恢復冷靜：

『車禍，來得突然、走得很快、沒有痛苦。』

在回答的同時，媽媽又拿起酒瓶往玻璃杯裡注滿紅酒。

總是獨自喝酒的媽媽，習慣用酒精解放壓力的媽媽，卻從來不被酒精控制的媽媽。

我的媽媽。

從來就只喝紅酒的媽媽。

第三章

◆之一

宋愛聖

好想做愛。

離開之後，不知道爲什麼、性慾回到了我疲憊的身體裡，一邊思索著要不要去找女朋友呢？一邊卻又不知不覺的回到這間充滿回憶的房子。

我的紅色圍牆，私人的、絕不對外開放。

當鑰匙插入門把時、我下意識的脫口而出：

「我回來了。」

然後我就被自己逗笑！說給誰聽哪！要有人回應的話、那恐怕才會嚇掉我半條命吧！

根本不會有人在家，我的紅色圍牆。

關於這一點、我的紅色圍牆，女朋友不知道埋怨過多少次了：

『你爲什麼老是在我這裡過夜？』

「要不妳要我沖完澡後馬上回家也可以啊。」

『不是啦！我是說、偶爾也在你那過夜嘛！我都沒去過你住的地方耶！我甚至不知道你住在哪裡，這樣不是很奇怪嗎？』

「我不認爲。」

『欸！帶我去看看嘛！你住的地方。』

「小地方，沒什麼好看的。」

『我才不信咧！一個廣告公司的老闆會住多小的地方？』

眞巧，我也不信。

不過這就是我最後的底限，而女朋友也知道這點；就如同我知道如何耐心安撫她、寵溺她那般、女朋友也知道哪些事情是我絕對不允許被碰觸；於是她再胡鬧再彆扭，也絕對不會強硬介入、我的紅色圍牆，除非是她想分手了。

女朋友知道我過去的感情生活、也明白每段感情結束的原因，在妳之後、我的感情生活，我的最後底限。

我想像要是妳知道了、肯定是要笑的吧！

『幹嘛偷學我？在談戀愛之前就先把規矩說了清楚。』

妳呀……

眞的太大了，一個女孩子住在這樣的房子裡，眞的太大了，連我住來都嫌太大了。

太大了。

□

『爲什麼要打工呢？你還那麼小會被騙啦！專心念書就好了呀。』

找到打工之後，爲了保險起見，我還是打了電話回家報備一聲，而得到的回應就和我想像的一模一樣，眞不愧是共同生活了十八年的一家人，默契好成這樣。

從來就生活在那小小社區的爸媽是不會明白台北的消費之高、生活在外的花費之多之雜，而我畢竟也成年了、長大了，總是不好意思一直伸手向爸爸拿錢揮霍在吃喝玩樂上，到底還是會良心不安。

還是把自己打工賺的錢揮霍在吃喝玩樂上比較快活點。

再說沒上過大學的爸媽又怎麼會明白：在大學裡並沒有也不需要專心念書這種行爲的存在。

「上大學還拿全勤獎會被笑啦，爸。」

在電話裡我本來想這麼說，不過想想還是算了；畢竟爸爸不是很有幽默感的個性，從我自己身上、我印證到這點。

在找到打工、還沒去上班的那個下午，我就決定花點錢來慶祝我的新生活，但左思右想的、就是不知道該把錢花到哪裡：台北是完全性的不熟，而新朋友則是一個都還沒認識到，就這麼左右爲難著的、這麼隨意走著時，我發現這家咖啡館。

它是在學校對面巷子裡一間不起眼的小咖啡館，它不起眼的程度到了我來回經過它二十次，才發現我已經經過它二十次了；它並且就是連店的招牌也沒有。

它的大門像是要配合它的不起眼似的，設計得相當低矮，我推開木頭的大門低頭走進去，視線所及是一個極專業的吧台，上面架滿了各式專業的酒杯及咖啡杯，裡頭還有一台大得過分的咖啡機以及另外一台相較之下顯得太小的虹吸式咖啡爐，吧台前來自世界各地的咖啡豆雜亂的隨意堆放著，裡頭站著一個表情很明顯不太想理人的女人，看起來是有點年紀了，大概是這間店的主人吧！

她穿了一身的黑，臉色卻異常的蒼白，左手食指和中指夾著一根細長的香菸，卻沒有想要抽的意思；她身後是一個種類齊全的酒架，或許晚上還兼著賣酒吧！不，或許白天也賣，只是我不確定。

這個過分招搖的專業吧台佔去了咖啡館一半以上的空間，剩下的是總計不過五、六張的桌子，最大的是四人座最小則是兩人座，就算生意冷清看來也像客滿，但我想這應該不是它之所以這樣狹窄的用意。

我挑了靠窗的位子坐下，約莫尷尬的獨自待了五分鐘之後，才意識到老闆娘並沒有想要過來招呼我的意思，我只好走過去同她點了一杯熱咖啡；她聽了之後頭也不抬的僅是嗯了一聲，然後捻熄了菸，開始動手煮咖啡，在這時候店裡的其他客人懶洋洋的望向吧台一眼，隨即又面無表情的轉過頭逕自抽菸，以及發呆。

台北人都是這副德性嗎？在坐回位子的時候，我這樣疑惑著，然後強烈的懷念起我的小小社區來。

有夠安靜的咖啡館！

像是全身放鬆了似的，我此時才發現這點。

音響裡放送著不知道是哪個年代的西洋老歌，以一種孤獨的姿態獨自在這狹小的空間裡唱著，除此之外幾乎就再也沒有別的聲音了。

是在那個安靜的當下、我決定成爲這咖啡館的常客？又或者是因爲妳、在那個沒有名字的安靜咖啡館裡曾經有過一面之緣的妳？

我也混亂了呀！眞的混亂了，因爲我甚至沒有把握、後來也無從查證，當時那個僅是一面之緣、就吸引了我全部目光的女孩究竟是不是妳？那個曾經在紅色圍牆內遇見過的、彈著鋼琴的小女孩。

連妳自己也不記得了。

而唯一可以確定的是，在那個安靜的當下，不知怎麼的、我腦子裡響起的是和立揚在花蓮海邊哼唱著的、好舊好舊的歌：有多少愛可以重來。

誰知道又和你相遇在人海　命運如此安排總教人無奈
這些年過得不好不壞　只是好像少了一個人存在
而我漸漸明白　你仍然是我不變的關懷

詞／何厚華　曲／黃卓穎

老闆娘將咖啡端上桌、打擾了我的思緒，抬頭望著她那張冷漠的臉，我忍不住在心底捏把冷汗、暗忖著剛剛不知道有沒有忘情的哼唱出來。

因爲她臉上的表情實在是太臭了。

像是做錯事的小學生那般，我只得低頭喝咖啡以掩飾心裡的不安。

感覺眞像是國小時，每次在課堂上老師問——這一題誰要回答？——一聽到這句話時，我們總是一致性的把頭低下、然後期望著不要是被老師點到名回答的那個衰蛋。每次我都是那個衰蛋。

雖然我沒有幽默感，但我自認爲很具備想像力，當我聯想到那幕時、著實忍不住嘴角上揚，在心裡爲自己歡呼喝采；喝采完畢之後我覺得自己實在有夠無聊，於是我抬頭四處張望、想看看這店裡有沒有可供閱讀的書報雜誌時，就是在這個當下，我看見了妳。

妳經過我的身邊，妳正打算離去。

妳看起來好匆忙的樣子。

我無法確定那女孩到底是不是妳、所以不敢馬上開口喊住妳，不過話又說回來，就算那眞的是妳、我又該怎麼開口喊妳？

「嘿！若干年前在紅色圍牆內日式老房子裡彈鋼琴的小女孩？」

眞蠢。

再說，我們根本就不認識，連認識都稱不上。

然而這個不認識的妳、卻還是足以教我捨棄那只喝了一口的好咖啡，我丟了鈔票在桌上，然後起身追上妳。

遠遠走在妳的身後，我努力的想要辨認出妳，或者應該說是、把妳記住。

妳整個人抽高變瘦了，頭髮長了、穿著簡單卻時尚，完全擺脫了小女孩時的稚氣，妳有些地方雖然模糊了、但有些地方卻更加清楚了，但那感覺還在、那感覺沒變——第一眼就吸引住人目光的魅力，還在。

不同的搭訕話語在我的腦海裡繞跑著，我拚命的回想著村上春樹在《遇見百分百女孩》時是怎麼搭訕那個百分百女孩的，但結果越是拚命回想我越是想不起來，當我終於決定放棄、先把妳喊住再做打算時，妳突然停下了腳步，我心頭一驚、以爲是妳發現了我的跟蹤，我心裡緊張著妳千萬別把我當成變態、我眞的只是很想很想認識妳而已的時候，妳突然停下了腳步。

我於是鬆了口氣，跟著也停下腳步；停下腳步之後、我緊接著嘆了口氣：妳上了計程車，離開。

就這樣，我跟丟了妳，我懊惱。

把妳跟丟的懊惱隨著之後交往過的女孩子們沖淡，而我只是在想、如果不是再遇見妳的話，我是否就能夠從此將妳遺忘？

我唯一知道的是，如果永遠只是如果，而結果只有一種。

再遇見妳，進一步直接認識妳，省去跟蹤，略過搭訕，不再錯過，是因爲立揚，我再遇見妳，理直氣壯的進入妳的生活，進入這曾經屬於妳、而今是我私人紅色圍牆的大房子，因爲立揚。

立揚。

校慶，六十週年的校慶，這迷你國小陪著我們這小小的社區走過一甲子的歲月，走過日據時代，迎接台灣光復，陪伴著爸爸們的童年、也陪伴著我們的童年，時過境遷、世代更替，這迷你的國小依舊迷你不變。

這一甲子，這迷你國小。

於是當時第一次選上里長的爸爸決定大肆慶祝，以他一貫愛好熱鬧的行爲模式：流水席，以迷你國小爲起點、機車行爲句點，所有的居民——搬家了的、還居住著的——全被邀請了回來，參加這流水席，熱鬧這一甲子的珍貴。

和童年的玩伴們佔據了流水席的句點、也就是機車行前的那張桌子，我們不約而同的想起三年前的最後那夜，我們都懷念那最後的盡情盡興，因爲我們都明顯感覺到每個人都變了、生活圈都不同了；往昔共同的美好時光眞的只是回憶了。

在酒精的催化下——三年的時間過去、我們已經習慣了這東西——我們聊起各自的生活，感覺彼此的差異，還有、我和他們的格格不入。

格格不入，我這被他們視爲台北人了的大學生。

和他們這群幾乎高職、五專畢業就當兵、就業、繼承家業、還依舊生活在這小小社區的童年玩伴們相比，我格格不入；我的世界大了，他們的世界依舊、沒變大卻足夠了。

舉杯乾杯，慶祝這一甲子，慶祝我們都長大了，把酒喝乾，我想起了花蓮的海邊，遲疑著該不該說出立揚的後來，我們想像之外的立揚，他們是否願意相信？就如同立揚的爸爸、我們小時候最希望長大後變成的模樣，他們是否願意接受到後來竟成了離家出走的男人？

『立揚?!』

有人驚呼著，我們同時抬起頭，眞的是立揚！就站在爸爸的身邊，臉上是我們熟悉的笑容，立揚。

『哇靠！你這幾年是死哪去啦！』

大夥跳了起來圍繞著立揚，感覺眞像是回到了過去，只要立揚在場，目光就隨著他移動。

人太多了，大家都圍繞著立揚，透過人群，我靜靜的打量著再次重逢的立揚：頭髮長長了，人也成熟了不少，長高了長壯了，也更帥了。有些人註定就是當明星的料，例如立揚。

『喂、喝醉啦你？』

越過人群，立揚走向我，我站了起來和立揚來個哥兒們的擁抱，然後我們相視而笑：這傢伙！果眞高了我那麼一點。

「什麼風把你吹來啦？」

『里長伯的超級龍捲風，你爸該改行開家徵信社的，居然把我給找到。』

拉了把椅子，立揚坐下加入我們，因爲立揚的加入，氣氛回到三年前的熱絡，熱絡中我們聊起三年前撬開機車行的鐵門、偷偷潛入立揚家過夜的回憶。

氣氛太好，回憶一聊不可收拾，立揚的雙胞胎哥哥立強自然是回憶裡的重要人物——雖然當回憶還沒成爲過去式時，在那個過去的現在式裡、立強才沒可能是什麼重要人物。接著有人問起了立揚的爸爸後來的近況，我察覺到立揚眼中一閃而逝的複雜神情、不太明顯的。於是不待立揚回答，我便裝作沒有聽見的把話題再度帶到回憶裡，我聊起了那趟丟足了臉的古井之旅。

大笑，我們都大笑了，那趟丟足臉的古井之旅、當我們此時此刻聊起時，笑到我眼淚都流了出來。越是丟臉的回憶，聊來越是起勁，特別是當那丟臉的主角都不是我們其中之一的時候。

眞的是很對不起你呀立強，老是拿你當炮灰開玩笑，不知道現在人在天堂的你，有沒有氣我氣得牙癢癢的呢？

「才沒有什麼女鬼、骨灰的，不過就是一個普通的古井而已。」

『還好那天我在學校練棒球，要不被拉去的人肯定是我。』

「眞是註定的。」

『而且、其實你知道嗎？欠你彈珠的人其實是我不是我哥哥，哈！雙胞胎的好處就這樣。』

立揚說著，然後和我交換了一個眼神，我不太確定那眼神是什麼意思，但我想那或許是感謝我替他把話擋掉吧。

我不確定。

不知道爲什麼，在那個當下，我又想起妳，那個彈著鋼琴的小女生。

這不是我們第一次聊起那段丟臉的古井之旅，卻是我第一次提起這個小女生。妳。

『還初戀咧！你嘛幫幫忙！連名字都不知道的人哪能算初戀呀！』

提了之後我才知道爲什麼我遲遲沒提起這個小女生，因爲就知道會被他們這群賴子們海虧嘲笑。

「不然怎麼樣才叫初戀？」

『這個嘛……』

賴子們也說不上來，那麼立揚呢？

我們眼中的戀愛高手立揚沒解釋什麼叫做初戀，卻說他有事得先回台北了，而時間明明還早。

『幹嘛呀？難得大夥湊齊了耶！六十年才這麼一次。』

『你屁啦！』

『回去陪馬子啊？你不夠意思喔！』

他們拉著扯著黏著纏著，怎麼就是不肯放立揚離開。

『眞的有事啦，不走不行了，放手啦、我會再回來啦。』

「你們這群賴子，下次我會把他敲暈了帶回來啦。」

圓了場，他們不甘願的放開立揚；我不知道問了有沒有用、因為三年前立揚結果沒打電話給我的事情讓我一直記恨到現在，不過我還是問了。還好我問了：

「你現在在台北的哪啊？不找我也讓我找找你吧？」

立揚微笑著，不知道為什麼他好像不太想說的樣子。

「我還在記恨你沒打電話給我的事喔。」

思緒同時回到三年前的花蓮海邊，不知道是不是立揚感恩在席間我替他避掉在今天之前、花蓮之後的他的話題，立揚於是給了我一個地址。

也去了台北的立揚，牽引著我遇見妳的立揚。

立揚。

◆之二 李小潔

醒來。

醒來的第一個問題不是：我怎麼會醒得這麼早？卻是：你怎麼不在我身邊？

發現到自己的這個念頭時，忍不住我也啞然失笑了：你怎麼可能會在我身邊！

時間不過是早上九點過一會，簡單梳洗之後，我下樓到咖啡廳早餐，挑了靠窗的位子坐下，我望著落地窗外的車水馬龍，此時才眞正感覺到自己已經不再屬於這座城市了！不必加入這城市的正常律動，也無須擠行於行色匆匆的人潮裡。只是個外來者了、在這我擁有好多記憶的台北。

七年八個月之前，決定離開台北之後，傢俱隨著房子完全交給仲介公司全權處理，就帶著兩大箱的衣物，我離開。

首先我飛去法國找翊緋，在當時她法國男友所居住的大宅子裡，讓傷心度個假。因爲時差的關係，我醒在平時沒可能醒來的早晨時刻，雖然身體已經離開了混亂的情境，然而思緒卻依舊停留在原地踏步；就這麼動也不動的瞪著天花板，試著完全放空思緒，無奈視網膜卻不受控制的浮現出你們的臉。

你們的臉，交纏不清，混沌。

混沌的身體被芬馥的咖啡香喚起，梳洗之後我下樓來到廚房，廚房裡不見人影，廚房外的後花園裡你們正享用著早餐。

坐下來加入早餐，原來了無食慾的只是想喝杯咖啡而已，但沒想到在陽光暖暖的照射之下、在這法國南部的鄉間裡，久違的食慾回到了我的身體。

『很好吃哦？』

翊緋替我翻譯著她法國男友的問話，還來不及點頭、她便自己又加上了一句：

『對了，妳有沒有幫我跟立揚要簽名CD？』

當下我以爲我會淚流，但結果我卻笑了出來：這始終老是狀況外的翊緋。

只有她始終存在終至遺忘在我家裡的行李冷眼旁觀著那房子裡我們所發生過的一切。

過往雲煙。

走出大廳，才想著要上哪去呢的時候，卻驚訝的發現你就坐在大廳的沙發上，而姿態是等待。

「你怎麼在這裡？」

『昨天是我送妳回來的，妳忘了？』

「我是說——」

『睡不著，就跑來找妳了。』

「怎麼不留個口信呢？或者直接上樓來也可以呀。」

『習慣了嘛！一樓的空間可以任意使用，但二樓絕對不准上去。』

然後我們都笑了，然而笑裡你卻隱藏不住的疲累。

「你一夜沒睡？」

你點頭，於是我不經思索的脫口而出：

「要上來嗎？」

你遲疑。

望著你遲疑的眼神，我又想起那年的夏天。

□

『妳好，我看到這裡有房間出租……』

十年前的夏夜，我們初次的相遇。

透過門鍊，我看見一張年輕的臉孔出現在我眼前，臉上寫著明顯的疲累，但眼底有道掩不住的光。

似曾相識的臉，深邃的臉。

一分鐘時間的打量完畢，接著我說出一分鐘前就準備好要說的話：

「對，但只限女生，上面有寫，你沒看到嗎？」

『喔。』

眼底的光黯淡了下來，但嘴角卻仍舊漾著微笑。

『太趕了我沒看仔細，不過——』

漾著的微笑收起，我想那大概是因爲你察覺到我的不耐煩了吧。

『這是妳家嗎？』

點頭。我心想：但干你屁事呢？

『可不可以讓我跟妳爸媽談談？我眞的找不到房子了，明天就要開始上課但是我的打工到今天才結束，我才剛到台北沒幾個小時不過已經足夠發現房子都被租光了，剩下的又太貴我租不起……。』

Talkative。這是我對你的第二印象。

『我就是房東，所以沒什麼好談的。』

門關上，我覺得煩透了，心裡開始後悔早知道就租給上一個來看房間的那個小女生算了，雖然她身上的香水味讓我覺得很討厭。

隔天，門鈴響起，時間是中午過一會兒，而我還在昏睡當中。

不想理，心裡嘟噥著爲什麼翊緋老是要忘記帶鑰匙呢？

門鈴持續響著，以一種頑固並且不肯妥協的姿態，響著。

『妳要不要乾脆搬走算了！』

門打開，話說到了嘴邊卻又收回，不是翊緋，是昨天那個大男孩，你。

『哇塞！妳該不會是還在睡吧小姐？都已經太陽曬屁股了耶！』

「有何貴幹？」

『眞的、拜託了！我眞的找不到地方住，昨天就睡在車上，好可憐，因爲沒有洗澡所以身上很臭、開學的第一天連個新同學都沒認識到——』

「你到底想怎樣？」

『讓我分租個房間好嗎？好心的小姐，美麗的小姐，口氣很差心情好像也不太好的小姐，太陽曬屁股了還好命的在睡覺的有起床氣的小姐……』

也忘了最後我是如何被你說服、開了門讓你進來的，但至今我依舊記得的是，當你踏進這房子的第一步時、你臉上孩子般的笑顏。

純淨。

那是個五坪不到的空房間，衛浴得用客廳旁那小得可憐的浴室，本來這房間一直就閒置著當作儲藏室用，要不是姑姑提醒：

『疑點還是很多，還沒有辦法證實妳媽媽不是自殺。』並且：『在保險金還沒下來之前、不如分租出去多點收入也好。』我想我大概連這空房間的存在都不會留意到。

這個被我遺忘了的房間後來成爲你大學時代的住所，這個原來我不打算收作房客的你成爲我對於這棟房子最後的回憶。

不，這麼說也不對；嚴格說起來、還有翊緋也是，只不過她幾乎都住在男友那裡，在這房子露臉的頻率就如同客廳那浴室一樣小得可憐。

『妳一個人住這麼大的房子？』

被你說服成爲房客之後，這是你開口對我說的第一句話，那是我第一次後悔答應收你作爲房客。

「還有一個房客是我朋友，不過她很少回來。」

『妳家人——』

第二次，我打斷你，不過這次並不是因爲起床氣：

「我先把規矩說清楚，一樓的客廳和廚房你可以任意使用沒關係，我喜歡吵所以電視總是開得很大聲，如果吵到你的話請忍耐，還有、你可以在車庫旁搭個衣架曬衣服隨你便，最重要的是、絕對不准上二樓來。」

『是，遵命。』

「不用簽合約，因爲如果你想搬走的話我隨時歡迎。」

『還有呢？房東大人？』

「我暫時還沒想到。」

話才說完我馬上就想到了——可以帶女朋友回來我不介意，不過她不准出現在你房間以外的地方、也就是我的視線範圍之內——話還沒講完我就被你打斷。

『那可以換我發問嗎?』

「嗯。」

『我的車可不可以放在車庫?』

「嗯。」

『要收停車費嗎?』

「你那台破車賣了都不夠付停車費。」

這是我後來才說的,當我們開始不再只是房東和房客之後。

『妳這麼年輕、應該還是大學生吧?』

「休學中。」

『休學?也是我們學校嗎?爲什麼休學?』

「第二條規矩,我的私事與你無關。」

這是那天我對你說的最後一句話,而至於——可以帶女朋友回來我不介意,不過她不准出現在你房間以外的地方、也就是我的視線範圍之內——則始終沒有機會、也沒有必要說出口過,因爲你從來沒帶過女生回來,實際上你誰也沒帶回來過。

這麼說對嗎?

告訴翊緋新房客是個男生之後,她於是頭幾天都回來陪我生活,但要不了兩三天我卻又告訴她不必這麼麻煩了，翊緋沒有問爲什麼、而我也沒有說明，不過我們都心知肚明的是、這會讓我又想起媽媽剛剛出事的那段日子。

翊緋陪著我、姑姑擔心我、所有人以眼神打擾我，我受不了，我不想再回憶起那一陣子的混亂、以及被提醒媽媽死因不明的至痛。

不過事實證明，翊緋的做法顯然也是多慮，因爲你總是早出晚歸，就連假日也不見人影，只有那輛車庫裡你停放著的老爺車提醒著主人確實居住於此的證明。

你的極度忙碌強烈對比出我的無所事事，我開始猶豫是不是該回學校復學了？但結果都只是想想而已。

『乾脆搬來和姑姑住吧，我幫妳申請這裡的學校，換個新環境對妳比較好。』姑姑不止一次的這麼提議，但我總是拒絕。

我不知道我的未來想要什麼，但我知道我不要什麼；我不要再失去，我不要再適應，我不要愛。

我只想白天在這熟悉的房子裡沉睡，到了晚餐時間則打扮妥當然後出門，在不同的餐廳裡晚餐、在不同的夜店裡喝到現實離我遠去；我拒絕接受夜裡再也不會有人在家等我的事實，雖然我總是把燈打得全開，因爲再也沒有人會爲我把燈打開、等我回來。

可你卻等我回來，那天，在那夜裡。

那天在夜店裡我被個討厭的男人纏上，於是只好掃興的提早回家，打開門我看見你，就坐在沙發上，焦慮不安的等待。

『嘿！好久不見，我美麗的房東小姐。』

「你沒出去？」

『我今天休假不用打工。』

「哦。」

那天我酒只喝了平常的一半，但託了那個纏人精的福、後勁卻是平時的兩倍，我覺得頭痛欲裂，第一次，我覺得酒眞討厭。

『要不要喝咖啡？妳看起來好像有點醉。』

「要，要濃一點，黑咖啡就好。」

兩杯黑咖啡，兩個陌生人，開始熟悉。

『我昨天有看到妳。』

「喔。」

『在夜店裡。』

「喔。」

『我在那裡打工，不過妳好像沒看到我。』

「嗯。」

『妳常去嗎？那家夜店。』

「我想不起來那家是哪家。」

『我聽到一些……呃、關於妳的閒言閒語。』

「你閉嘴好嗎？」

『妳這樣好嗎？』

干你屁事——結果話還沒說出口、我就轉頭吐了出來，你好像很習慣這種場面似的、熟練的替我拍背並且撥開頭髮，當我上樓泡澡的時候、你應該是在清理地板上的穢物吧？因爲隔天我醒來下樓時，客廳完全沒有昨夜的痕跡，而至於你則是在廚房忙碌著晚餐。

「你在家？」

『哇塞！妳還眞能睡耶！都已經黃昏了。』

囉嗦。

「我連妳那份也煮了哦！一起吃晚餐吧？我昨天領薪水，終於有機會請妳吃頓飯以感謝妳的收容之恩了。」

『眞看不出來你會做菜。』

而且還非常好吃。

你開始變成只要是休假就會下廚料理，你開始進入我的生活，或者應說是：生命。

也忘了是第幾次的兩個人晚餐，突然的、你問道：

『對了，車庫裡的那架鋼琴是妳的嗎？』
「嗯。」
『妳會彈鋼琴？』
「不然我買鋼琴來當書桌用嗎？」
然後你開開心心的笑了，你的笑有感染力，那是我長久以來第一次的笑。
『所以妳應該也會彈電子琴囉？』
「還可以，幹嘛？」
你要我陪你去PUB試唱，幫你伴奏，那是你未來的起點。
你唱的就是〈有多少愛可以重來〉這首歌，本來我一直勸你別挑這麼老的歌唱，但結果你不聽我的勸，你就是執意要唱這首老歌。

有多少愛可以重來　有多少人願意等待
當懂得珍惜以後回來　卻不知那份愛　會不會還在

詞／何厚華　曲／黃卓穎

「嘿！你唱歌很好聽耶。」
『開玩笑，我這個人註定了就是靠天賦吃飯的。』
「講得跟眞的一樣。」

『眞的呀。』

「隨便啦。」

『嘿！我們打個賭好不好？我如果被錄取的話，妳就不要去別的夜店了、每天到這家店喝酒，喝多少都算我的。』

「如果你沒被錄取呢？」

『還沒想到，不過我想應該沒可能。』

結果你贏了，於是我開始變成每天晚上到你駐唱的PUB去喝一杯長島冰茶，一杯、就一杯，不再像以前那樣喝到茫；因爲你言出必行，而且我知道你當時並沒有太多的錢；你成功的替我戒掉了酗酒的習慣，而我卻始終欠你一聲謝謝。

第四章

◆之一　宋愛聖

沒想到就這麼在沙發上睡著了，早知道昨天夜裡就該老老實實的上床躺平，而不是放棄失眠還跑出去咖啡館找冷漠老闆娘喝咖啡。還好這沙發很大很軟很好睡，還好老闆娘在打烊之後還依舊留在咖啡館裡沒走，還好我總是有地方可以去。

回憶太擠，我需要找個人說說話，只是單純的把話說出來，只是這樣而已；而一路走來始終臭臉的老闆娘則是最理想的談話對象，因爲夠冷漠。

而有些話，在某種情況下，只是單純的說出來就可以；並不想要得到任何回應任何建議的話，只是單純的說出來就可以的話。

夜裡的咖啡館，推開這推開過無數次的木頭大門，原本就夠陰暗的咖啡館此時更是只剩下吧台裡的一盞燈，一台播放著節目的懷舊電視機（還附有木頭拉門的那種），以及一個每次看到我、臉就臭到不行的老闆娘。

『門關好。』

老闆娘頭也沒回的說，視線仍緊盯著電視螢幕。

「妳怎麼知道是我？」

『這時間除了你還會有誰？』

「不一定喔，搞不好是壞人，我說大半夜的、妳還是鎖個門比較好吧？現在的治安可不比從前。」

『治安沒變壞，只是新聞變多了。』

倒是有那麼一點道理。

『酒還咖啡？』

「咖啡吧，我今天喝酒喝夠了。」

『順便幫我弄一杯。』

於是把門鎖好之後，我直接走向吧台，捲起袖子動手煮咖啡。

很奇怪，這麼多年的時間過去，同樣的機具同樣的咖啡豆，但我怎麼就是煮不出老闆娘那咖啡裡的味道。

咖啡香溢出，這使我想起當年第二次推開這木頭大門時，老闆娘差點把我轟出去的回憶……

『這裡不歡迎浪費我咖啡的人。』

我在這裡喝的第一杯咖啡、只喝了一口就匆忙離開的咖啡，被老闆娘記恨了好幾年的往事；以至於往後每當換成是我煮咖啡的時候，老闆娘總是只喝一口就直接倒掉，然後自己動手再煮一杯，眞是幼稚得要命，我得說。

不過今晚的老闆娘並沒有這麼做，因爲她正全神貫注的盯著電視螢幕。

「看什麼這麼入神？」

『棒球，奧運，重播。』

「我不知道妳也愛看棒球。」

『因爲我沒說過。』

說的也是。

兩杯咖啡，正好九局下半結束，比賽進入延長，Overtime。

「這場比賽我們輸了。」

『輸了就不值得再看一次嗎？』

「是，您說了算。」

『乖。』

正想閒扯些什麼屁的時候，我的注意力被電視的廣告吸引住。我告訴她：

「這支廣告是我以前待的公司拍的，我的得意作品之一。」

一對年輕的男女，在旅行中一直遇見也一直錯過，直到系列的末了才終於相識；不過系列的末了因爲當時某些不可抗拒的因素而取消播出，於是他們的相識始終沒呈現在觀眾眼前，之後沒多久我也離開了那公司，獨自創業。

而現在，我變成廣告公司的老闆，過著每個月有幾天夜裡會跑來這咖啡館、和這難相處的老闆娘酗咖啡直到天亮的人生。

奇怪的兩人組合。

『我不知道你是做廣告的。』

「嗯，第一次來到妳的咖啡館時，我也不知道我後來會做廣告。」

『這就是我喜歡球賽的原因。』

「怎麼說？」

『不到最後，誰也猜不到結局。』

笑了笑，我想起前幾天看到的那場球賽，前面很無聊，中間沒意義，而結局卻出乎意料的精采。

「一比九遙遙領先的球賽，都有可能在九局下半被追回滿壘八比九差點翻盤。」

『希望不是作假。』

「小心點，這話題一聊下去會聊到天亮都沒完沒了。」我這麼說，然後轉了個話題，問：「妳支持哪一隊？」

『中華隊。』

「嘖。」

□

一開始究竟誰遇誰先、誰愛誰先的我們，結果卻全盤皆輸了的我們。

我們。

尋著立揚給我的地址找到這裡，按門鈴，門打開；透過門鍊我看見妳的臉，我震撼。我擔心遮掩不住情緒激動的自己會嚇著妳，不過顯然我的擔心是多慮了，因爲妳一臉的睡眼惺忪，妳並且起床氣明顯，明顯到簡直可以拍成何謂起床氣的示範影片。

才表明了來意，幾句話不到的時間、妳就打發我離開，門被關上；當時傻楞楞的望著被關上的那扇門，心底隱約有種預感、這扇門遲早會被我打開。

預感成眞，在隔天。

我的預感總是成眞，不論之前，抑或之後；而我只是在想，在妳心底最深最裡處的那道門內，住著的人是誰？

我想我知道答案。

同一天，立揚找上我。

手機響起，沒有來電顯示，本來我是沒打算接起的、這沒顯示的來電，因爲那一陣子被分手的女朋友搞得很厭煩，雖然嚴格說來分手的責任在我這邊，但分手的女朋友那沒完沒了沒日沒夜的騷擾糾纏，也著實教我從內疚轉爲不耐煩。

而人的內疚是有期限的。

「總該適可而止了吧！」

當時我接起電話的目的是爲了把這句話說出去，但結果我從頭到尾沒說出過這句話，因爲打來的人是立揚，還好我接起了，還好。

我常在想所謂的緣分就是這麼一回事，註定的不會錯過，而一再錯過的，眞的就是註定了。

註定。

我沒想到立揚竟然會主動找我，記憶裡他從來就不是會主動聯絡人的個性；更沒想到的是，立揚約我碰面的地方剛好就是這咖啡館，眞是沒想到那臭臉老闆娘開的咖啡館比我以爲的還要有名氣。

當我依照約定的時間準時來到這咖啡館時，沒想到卻看到立揚一個人獨自坐在門口。

「你也知道這裡？」

『什麼意思？』

立揚抬頭望了我一眼，眼底是明顯的神經質，我不知道他問我什麼意思是什麼意思，不知道的事情我從來就不知道該怎麼開口問，所以我放棄開口問立揚他問我什麼意思是什麼意思，我直接了當的問：

「怎麼不進去？」

『她今天沒營業。』

「眞是不巧。」

但想來倒也像是冷漠老闆娘那種人會有的行爲模式，營業與否隨著心情好壞而定；不過眞是謝天謝地，往後我獨自來到這咖啡館的時候，老天有保佑她心情剛好都不錯，都沒遇到她關門。

「那要不換個地方吧？我知道這附近有還不賴的店，剛好領了打工的薪水，今天老哥我請客。」

『不要了，我好累，就坐在這裡可以嗎？』

不好吧？

坦白說坐在別人家店門口喝自己買來的罐裝咖啡還眞是夠奇怪的，不過沒辦法，立揚就是立揚，長了一張讓人無法拒絕他的臉；同樣的臉換成是立強——算了，我還眞是該戒掉每次想起立強就想海虧他一頓的壞習慣。

接過立揚預先買好的罐裝咖啡——奇怪他到底在這等了多久？怎麼買了這麼多咖啡來。我跟著也在立揚的身邊坐下，我們有一搭沒一搭的閒聊著，主要都是我開的話題，然後立揚配合著回答幾句這樣；立揚看起來心情很差的樣子，否則眞沒道理特地主動約我出來、自己卻在那邊耍悶吧？

而我只是在想，如果不是因爲當時的我滿腦子都是妳的話，那麼或許我就能夠分點心思察覺到立揚的心事重重，那麼……

然而當時我滿腦子都是妳，於是我沒察覺到立揚的心事重重，更沒想到他特地把我約了出來，或許爲的就是想要有人問他一句：怎麼啦？什麼事心煩。那麼立揚就能把那些困住他的心事訴諸於我，那麼……

你們呀，我眞的並不是你們所認爲的夠格的傾聽者，我從來就只聽自己想聽的，只問自己想問的，只要自己想要的答案。

同樣的事情，只要用不同的問法、就能得到不盡相同的答案，雖然到頭來它還是同樣的一件事情。

我不承認我自私，但我承認我聰明。

當時滿腦子都是妳的我，沒察覺到立揚的心事重重，而自顧著聊起妳：

「還記得上次我提過那個小女生嗎？」

『哪個？』

「紅色圍牆，日式老建築，古井之旅，彈鋼琴的那個小女生。」

『嗯，然後呢？』

「然後我在這裡遇過她。」

『她是人嗎？』

「什麼？」

『要不然怎麼可能快十年的時間過去，她還是小女生的樣子？』

我先是一楞，然後才捉到立揚這話裡的笑點而笑了開來。

這立揚、連開玩笑的時候都能辦到面不改色，眞可惜他長得太帥，要不進軍大銀幕的話、肯定能幹掉周星馳。

「不是啦！當然是長大了的她好嗎？我們年紀應該差不多吧。」

『但你怎麼有把握是同一個人？』

「我就是知道。」

有些人，你就是會知道。

笑了笑，立揚一副沒想再聊這話題的打算，沒辦法，我只好再扯別的話題陪他聊：

「所以咧？你是考上哪間大學？」

『私立的爛學校，爛學校的爛科系，不過無所謂，不用重考就有學校念這就夠了。』

「你現在住哪？學校宿舍？」

搖頭，立揚說：

『租了一個小地方住。』

「不會是住在女人那當小白臉吧？」

『屁啦。』

很好，立揚終於有了點笑容。稍縱即逝的笑容。

『你知道我爲什麼來台北嗎？』

搖搖頭，我哪知道，立揚又沒說過。

『我爸在台北。』

「什麼？」

『和個女人生活在一起。』

「你找到他了？」

『沒有，但我見過那女人。』

「立揚……」

『我覺得很生氣。』

「可是你媽都過世那麼久了，這也——」

『他們認識的時候，我媽還在。』

「你什麼時候知道的？」

『在花蓮的時候。』

「你爸現在過得怎樣？」

『不知道，他不肯見我。』

「爲什麼？」

『我也想知道爲什麼。』

沉默，握了握立揚的脖子，我們沉默。

不知道該怎麼說的事情，我從來就不會開口說；我不是溫柔，我只是聰明。
妳懂我意思嗎？你們……懂嗎？

◆之二
李小潔

『有沒有特別想要去哪裡？』

走出旅館的時候，你問。

「倒是沒有。」

然後我擔心著會不會被記者拍到、造成你的困擾時，你好像覺得我很幽默似的、大笑了起來：

『拜託……我早就不是明星了。』

上車。

坐在這輛尋常的進口轎車右座上，我覺得好不習慣。

「你什麼時候換車的？」

『很久了，領到第一個一百萬馬上就換了。』

馬上就換了，馬上就把那輛充滿我們回憶的車換了；不要了，那輛充滿我們回憶的老爺車。這是你當時的心情嗎？

「眞是的，挺懷念那輛有氣喘又便祕有時候還會休克的老爺車的。」

『少來，妳那時候嫌它嫌得要命。』

「眞的，後來很懷念。」

眞的，我以爲你會一直把它留著。

『其實還在啦，老爺車。』

「眞的假的？」

『嗯，我把它放在一個老朋友那裡，雖然已經該報廢了，不過我就是想留在那個人那裡。』

「我們要去哪？」

很不自然的換了個話題，爲的是避免提及關於你口中的那個人，宋愛聖。

久違的重逢，不合適碰觸我們當初之所以離開的原因。

『時間還早，去花蓮看個海應該還來得及，妳要陪我去嗎？』

「花蓮？」

『花蓮的海邊，我以前就一直想帶妳去看看。』

「我怎麼不記得你是花蓮人？」

『我不是，不過有一次和個老朋友在那海邊敘舊。』

老朋友……

『妳也認識的，我們的老朋友。』

宋愛聖。你雖然沒說，但我還是沉默，直接了當的沉默；別開臉望著窗外匆匆掠過的街景，直到街景換成了花蓮的海邊。

下車，我們坐在沙灘上，暖暖的冬陽，正好的溫度，細細的沙灘，微寒的海風，以及明顯疲憊的你。

「你還好吧？」

『我怎麼了？』

「你看起來很累的樣子。」

『因爲我昨天送妳回去之後，又一個人開車來這裡。』

「咦？」

『思考怎麼開口約妳來這裡。』

「你騙我。」

『眞的。』

「才怪。」

『是妳自己說的，人的一輩子總要瘋狂過一次。』笑了笑，你又說：『可不可以讓我再瘋狂一次？』

「嗯？」

『抱我一下好嗎？我覺得好睏。』

我微笑著張開雙手，你先是將身體輕輕靠在我的懷裡，然後調整了一個舒服的姿勢，接著你慢慢的閉上眼睛；我感覺著你身體的重量，覺得有點吃力、可卻捨不得挪動、就怕擾醒了你。

感覺眞像是回到了你二十歲生日的那夜，我喝得太醉、而你心情太亂，到家之後，你緊守著不准上二樓的約定，將我抱到沙發上。

沙發換成了沙灘，醒著的人換成是我；望著你安然睡去的臉，我忍不住要想：那晚的你、心裡想的是什麼？當你就如同現在這般讓我倚著靠著的時候、心裡想的是什麼？是否也如同往後的我，不斷不斷的疑惑著問自己：爲什麼我們總是固執著謹守住最後一道防線？不肯前進，卻也無從後退了。

對的時候沒做，往後就更沒可能了。花蓮的海邊，懷抱裡你熟睡的臉孔。我想起勞倫斯・卜洛克在馬修・史卡德系列裡寫道過的這句話。

對的時候沒做，往後就更沒可能了。

□

一年的相處下來，還沒到成爲彼此打開心門的知己，僅是生活上的夥伴；不過問彼此的私事，僅是交換生活上發生的瑣事，卻已經足以讓我察覺到你、太好勝，不示弱。

除此之外，對於這個在屋簷下共同生活了一個年頭的你，我依舊一無所知；然而或許也是因爲如此、因爲彼此都是對於個人隱私有極度潔癖的個性，於是我們的相處模式維持著一定程度的距離。

而我只是在想，當時的你，把那些私人情感，都藏在哪裡？

私人情感，開始洩露，還沒崩壞。

『我今天晚上不用唱歌哦。』

「喔，那我總算可以換家店喝個夠了。」

『妳爲什麼那麼愛喝酒呀？』

「你管不著。」

『女人別喝那麼多啦！還有熬夜也是，而且妳起床不能只喝咖啡啦。』

「眞囉嗦。」

『要不要弟弟開車載妳去兜風？』

「你那台破車？」

『別這樣羞辱我爸給我的車好嗎？』

「是，對不起。」

『所以呢？想去哪兜風？』

「所以想找家店喝個醉，謝啦！但還是酒精合適我。」

『……』

最後我們達成的協議是，開車出去兜風，帶著兩瓶紅酒；我妥協，你讓步。開車。

開那輛老到幾乎該被回收的老爺車。

「我的老天爺！現在還有錄音帶這東西？」

『妳很囉嗦耶！要聽什麼歌我唱給妳，不收錢，算妳賺到了。』

「什麼都好，就是不要廢話一堆。」

『我就是一個喜歡廢話一堆的歌手啦，怎樣？』

所以我選擇聽卡帶。

笨手笨腳的想要操作著這古老的機器，結果你還是看不順眼了自己動手。

音樂流瀉車內，正是那首當時我陪你去試唱的：有多少愛可以重來。

「你眞的很愛這首歌耶。」

『我爸的卡帶，留在車裡，沒事就聽，所以囉。』

「難怪，這應該是你國小時候的歌吧？」

『好像是吧。』

好像是吧。

我們來到可以俯瞰整個台北城的山頂上，我驚訝的看著你就著瓶口喝紅酒。

『安啦！等一下咬檸檬，不會影響開車啦。』

「不……我只是、這是我第一次看到你喝酒。」

『生日破例一下也沒關係吧。』

「你今天生日？」

你點頭，靦腆的笑。

「幹嘛不早講？我好先買個什麼禮物。」

『不用了啦，我反正沒有過生日的習慣，只是……二十歲、總覺得……』

「不行，我們現在下山——」

『不用——』

拉扯著、爭執著，在混亂中，在黑夜中，在台北的頂端，你吻上我的唇，淺淺的，不侵犯也不洩露的，吻。

你的氣息落在我的臉上，我咯咯的笑了起來，感覺酒意在我的腦海裡翻滾，而當時的我已喝掉了半瓶多一點的紅酒。

「你在跟我告白哦？哈～～」

喝得正High的半瓶多一點的紅酒，壞事。

『只是生日禮物，省得妳吵著下山買東西，繞呀繞的下山又下山，很耗油耶！搞不好還要付停車費。』

「你其實喜歡我對不對？」

『等妳把酒戒了我再考慮。』

又灌了一大口，我口齒不清的說：

「那別費事了，我不打算戒的。」

『妳哦妳老是——』

嘴裡含著酒、我堵住你的嘴，酒液從我的嘴角滴落在你的衣服上，你定定的看著我，一公分不到的距離，太近了，我看不清你臉上的表情，只覺得飄飄然的，一直笑呀笑的，笑呀笑的、我喝醉後的一貫反應。

我沒遺傳到媽媽喝醉之後的冷靜。

你不管被酒滴髒了的衣服，用袖子擦去我嘴角的酒液，推開袖子、不帶酒液，這次，換我吻上你。一直沒告訴你的是，在當下的那個深吻，不是禮物，也不是酒醉，是眞的、眞的很想很想吻你。

吻。

交纏的舌頭鬆開了彼此，我聽見你呼吸的急促，感覺你身體的反應，把剩下的紅酒一飲而盡。太美好了，這與現實脫節的迷幻感。

「要不要拆開你的生日禮物？」

『妳醉了妳。』

「不想跟我上床嗎？」

『別鬧了、回家啦！』

「回家上床嗎？Your place or my place？唔……都一樣。」

你沒有回答，你把臉轉開，一公分的距離，拉開；而酒精的作用，依舊持續。

被你拎上車，你在我的嘴裡塞了檸檬角，我酸得往車窗外吐掉，意識清醒了些；涼涼的夜風吹著，頭倚在車窗上，半是清醒、半是朦朧的，我凝望著你的側臉；這張生下來就是令人視覺享受的臉、爲什麼卻憂鬱？

『爲什麼不想談一段正常的感情？』

「什麼叫做正常的感情？」

『妳沒有認眞的愛上過什麼人嗎？』

想了想，我說：

「沒有。」

『爲什麼？』

「各取所需的就好，別搞得那麼複雜。」

『妳沒愛過。』

沉默，直到下山回到台北城。

回家。

醒來，你變成二十歲的第一天，我在沙發上醒來，時間已經黃昏，而你不在，空盪盪的房間裡，只有我一個人；曾經熟悉的感覺，曾幾何時、此刻卻教我不舒服。

從什麼時候開始，我已經習慣了醒來會有你在？

你不在，但桌上擺著餐盒，餐盒上你留了張便利貼：來不及做晚餐，這家便當很好吃，微波一下就可以。

把便利貼撕下揉皺了連同便當丟進垃圾筒裡，不知道爲什麼我覺得好生氣，我不知道爲什麼我生氣，但我知道不是起床氣，我不知道我生你什麼氣，但我就是生你氣！

『去你媽的來不及！』

浴缸裡，熱水澡，我對著蒸氣吼著。

生氣。

起身，擦乾身體，把水放乾，打扮妥當，我決定去找你。

PUB裡，你的演唱時間，依舊是廢話很多而歌唱很少的你，始終不看我。

我們爲什麼要尷尬？

整個Live時間過去，兩杯長島冰茶喝乾，第三杯送上時，我拿著起身，搖搖晃晃的走向你，下了台之後坐在最角落位置的你。

你們。

立揚……那些年來你學會處理生離死別，學會習慣自己照顧自己，學會自己一個人長大，學會連同立強未完成的人生堅強活下去，學會在受傷之後在失去之後、把人生拐個方向走，走得更精彩、更出色，學會……

但為什麼就是學不會正確面對自己的情感？誠實的、不要想太多的，不要怕受傷的。越是害怕受傷的人，往往越是輕易的傷害了別人。這是我從立揚身上學來的最大領悟。

當時妳正好走來，踩著一陣挑釁意味極濃的高跟鞋聲，手裡拿著一杯長島冰茶，臉上寫著明顯的醉意。

『是你喔。』

這是妳開口的第一句話，我不知道妳是對我說還是對立揚說，我只知道妳當時下意識的挑了立揚身邊的位置坐下，你們坐得很近，十公分不到的距離，你們之間最接近的距離；你們的互動詭異，自然親密又刻意疏離，互相吸引卻又相互抗拒，你們是如此相似的兩個人。

越是害怕受傷的人，往往越是輕易的傷害了別人。你們是如此相似的兩個人。

當下我做了一個決定，我決定了一件早該做的事情：我不要再錯過妳，這個在時光隧道裡已經錯過了三次的，妳。

那天晚上妳喝得醉倒，我不知道妳是什麼事心煩，又或者只是習慣使然，妳好像很討厭清醒，又或者應該說是、害怕清醒。

送妳回去之後，沒頭沒腦的、立揚突然提議道：

『要不要去花蓮？』

「現在嗎？」

『要不然明年三月的第二個星期一如何？』

先是楞了一會兒，我才反應過來立揚在開玩笑。

「可是現在已經深夜了耶。」

『剛好可以買早餐去那海邊看日初啊。』

「這樣會不會太屌了？」

『普普而已啦，怎麼你明天有課嗎？』

「這倒是還好，反正大三了、你知道。」

『那就走呀。』

然後我們眞的就開車上路了。

在車上，我問立揚：

「你幹嘛突然想去花蓮？」

『因爲突然想到有個東西放在花蓮那房子裡忘了拿。』

「什麼東西這麼重要？」

『重要倒是不至於，不過我哥欠了你很久，一直忘記要還給你。』

「什麼東西？」

『你的畢業紀念冊呀。』

「國小的嗎？」

『廢話。』

還眞的是廢話。累了嗎我？

「說到這，我倒是一直奇怪、怎麼立強會有我的畢業紀念冊？」

『可能是那時候在你家發現就順便借回家看吧。』

「吼？不告而取謂之偷哦。」

『說給我哥聽吧你。』

「你有沒有想過人死後會去哪裡？」

『天堂呀、這還用問！』

「爲什麼？」

『因爲我們家信天主教。』

「喔。」

沉默。

沉默直到我們來到立揚以前住的這房子，下車，開門，兩分鐘不到的時間，立揚回到車上，手裡多了兩本陳舊的畢業紀念冊，他全遞給了我。

「你給我兩本畢業紀念冊幹嘛？」

『連同我哥的，送你，留著作紀念，反正我的和我哥的一樣嘛。』

然後我就笑了，我當時並沒有發現我的笑打斷了立揚說到了嘴邊的話，雖然我從來也沒確認過，但我想當時立揚原本要說的應該是：別忘記翻開來看看。

「你還住這房子嗎？」

『這房子看起來像是還有人住的樣子嗎？』

「那你怎麼還有鑰匙？」

『我習慣把住過的房子鑰匙帶在身邊。』

「怪人。」

『哪會。』

「怪人，隨身帶著沒用的鑰匙。」

『你怎麼知道哪天會用上？』

「無聊。」

『隨你怎麼說。』

花蓮海邊，剛好趕上日初。

下車，我們並肩坐在沙灘上，夏末秋初，微涼。

海風很大，把我們的聲音都吹散了，我們各自自言自語著，各自對著凌晨的海洋吶喊。

我聽不清楚立揚對著大海吼些什麼，但總之模糊聽來都是些老混蛋之類的粗話；那我呢？

我—愛—了—妳—好—久—了—

吼出來的話都只有海聽見，然後風吹散，然後太陽出來上班；累了，我們回到車上啃便利店買來的三明治和罐裝咖啡。

難吃死了。

累死了。

我們都累死了。

「她就是那女孩，立揚。」

『什麼女孩？』

「紅色圍牆，日式老建築，古井之旅，彈鋼琴的那個小女生，就是她。」

『你病了你。』

「真的！就是她。」

『病了，你病了。』

「真的啦立揚，有些人你就是會知道。」

『知道什麼？』

「知道就是那個人。」

『你病了。』

「我眞的愛了她好久。」

『走啦，回去了。』

「立揚！」

立揚起身，我在他身後吼著一些什麼，不過我不知道是風太大、還是眞的立揚沒聽到。

上車，發動引擎，回台北。

「你剛有聽到我說的話嗎？」

『什麼話？』

「我在你後面說的話，我用吼的，很清楚。」

『沒有，我耳背。』

「立揚——」

立揚粗暴的打斷了我，自顧著說：

『她是個不錯的女生，只是從來沒有認眞愛上過什麼人。』

「你明明聽到我剛剛在你後面說的話了。」

『我以爲他會去。』

沒頭沒腦的，立揚又說。

「啊？」

『你爸找我回去的那一天，我以爲那老混蛋會去。』

你就這麼害怕我問你的問題嗎立揚？

「你眞的很像你爸，尤其是個性。」

我以爲我這麼說了，但是結果我沒有。我說的是：

「用老混蛋稱呼爸爸，小心不孝上不了天堂。」

『不會的，我只是沒遵守婚前性行爲這條教規，還是可以上天堂的。』

笑了笑，我沒再多說些什麼。

你明明聽到了、立揚，你明明……

◆之二 李小潔

沒想到你還會再來找我。

從昨天你在花蓮海邊熟睡之後，直到開車回台北之前，你只說了一句：

『好久沒睡得這麼舒服了。』

然後你直接送我回旅館，沒問我接下來想去哪裡，沒問我這次回來打算停留多久，沒問我——你只問我喜歡那個海邊嗎？

「喜歡哪，很美的一個地方。」

『嗯，是個合適新陳代謝的好地方，希望能一直保持那個樣子就好了，別被開發過度，如果可以的話，眞想把那海邊買下來，不、用租的好了，嗯……租的好了，比較合適。』

一股腦的，你繼續又說：

『對我而言，那個海邊像是個起點，也是終點。』

什麼意思？

沒給我開口問的時間，你就直接了當的道別。

從你道別時的眼神裡，我察覺到一絲不對勁的感覺，該怎麼形容呢、那感覺？

決裂？

是的，決裂。

決裂似的道別。

像是下定了決心那般，我感覺到你道別的不只是今天、卻是永遠，不是逗點、卻是句點；雖然你什麼也沒說，就是一句輕聲再見，但都寫進眼底了，你沒說出口的、句點。

你的眼睛從來就藏不住心情。

你轉身離開，走回自己的生活，與我無關的生活，我一無所知的、你現在的生活。

我關上房門，本來是想收拾行李打電話訂回程機票的，但卻不知怎麼的發起呆來、在心底描繪起你現在的生活：一戶和你那進口驕車搭配的豪廈，進出嚴格管制，或許還附電梯卡片、密碼的那種；一個（不、或許不止）和你外型搭配的女朋友，或許是模特兒、或許同是明星……那麼工作呢？你說你已經淡出幕前了，那麼現在的你、生活的重心放在哪裡？

難以想像，但我想總會是個放任你自由時間的工作吧！我難以想像你會過著那公務員蓋印章似的規律生活；或許你根本就不需要工作了也不一定，那些年的名利雙收早就足夠你安安穩穩的過日子了也不一定。

難以想像，對於一無所知的事物，從來就無從想像起。

然而你卻又出現，隔天的今天，當我才想要打電話到櫃檯說好退房時，櫃檯就先一步來了電話，說樓下大廳有我訪客。

是你。

是註定還是巧合？你總是在我下定決心之後闖入，然後推翻。

新陳代謝。

再出現的你感覺像是把某種你不肯洩露的事情給想開了那樣，整個人明顯輕鬆許多，語氣開朗的問我要不要去個老地方？

那PUB，當年你試唱而我彈琴伴奏的PUB。

重新裝潢過的PUB，座位變少了、空間感變大了，現場演唱的模式依舊保留，而老闆也還是同一個人，我們依舊挑了最角落的位置坐下：我們總是三個人坐著的那個位置。只不過當時的宋愛聖此時換成了PUB的老闆。

老闆親自端了兩杯威士忌和長島冰茶過來，他坐下陪你閒聊，閒聊中我才知道前天巧遇你的那間地下PUB是你們合夥開的店，而那天你的演唱、則是你最後一次的私下公開演唱。

「爲什麼？」

『有始有終嘛！這小子是從我這被發掘的，當然最後一次現場也要給我囉。』

老闆代你回答，但我問的明明是：爲什麼是最後一次？

老闆離去，到吧台去忙些什麼的，於是我又問：

「爲什麼是最後一次？」

『因爲那地下PUB的音響比這裡好。』

「爲什麼是最後一次？」

我固執了起來的追問著，但你像是在思考怎麼回答似的、把威士忌喝乾了，才說：

『妳聽過貓在屋頂上的這個小故事嗎？』

「勞倫斯．卜洛克？」

乾杯，你舉起另一杯威士忌同我乾杯。你乾杯，我隨意。

『因爲寫歌的關係，所以開始也閱讀了。』

我察覺到你想把話題轉開，但我不要，我不要。

「你還沒回答我。」

『嗯？』

「爲什麼是最後一次？」

你還是固執著不肯回答，你傾身輕輕吻上我，很輕很輕的吻，輕得像是在賠罪似的，吻。

『妳後來見過宋愛聖嗎？』

終於還是問了，重逢之後，我們都想問彼此卻又絕口不提的問題。

搖搖頭，我沒再見過他，我沒想過會再見到你們，更想不到的是、再見到的人、居然是你。

『他後來找過我。』

「他找過你？」

『嗯。』

爲什麼？他想找的人、爲什麼會是你不是我？

「然後呢？」

『然後我不想見他。』

「爲什麼？」

『我愛的人都因爲他離開我了，我不想他的臉提醒我這一點。』

包括我嗎？

問不出口，還是問不出口，始終想問你的問題，經過了七年八個月的時間，還是問不出口。

我們都是失語症的病人。

愛一個人又害怕表白，這是另一種失語；失語症的病人，不敢付出、只敢接受。

而我只是在想，我的問題、讓你這麼難回答嗎？

貓在屋頂上。你想說的是什麼？

□

貓在屋頂上。

丈夫出差遠行，在外地打了電話回家問候一切，當他問到養的貓時，太太直接了當的告訴他貓死了，結果丈夫怒不可遏：

『妳應該讓我有心理準備呀！先告訴我貓跑到屋頂上玩了，接著說貓不小心從屋頂上掉下來了，消防隊都出發來救牠了，最後再告訴我貓還是沒有辦法的死掉了……而不是劈頭就說貓死了呀。』

丈夫囉嗦了一堆，詳細內容我記不太清楚，但總之就是諸如此類的內容。

幾年之後，丈夫再度出差遠行，在外地又打了電話回家問候一切，當他問到母親時，結果太太告訴他：你媽媽在屋頂上。

貓在屋頂上。

那天我發了場夢，在接到判決的那天。

我夢見你，我們正要去看電影，在偌大的電影院裡，巨大的電梯前，我接過你手中的票根，才發現這電影我早已經看過。

『那就再看一次啊。』

『可是我已經看過了啊。』

然後你開口說些什麼，可我不想聽，我賭氣離開。

場景再換，我在電梯裡，沒有你，電梯急速上升，我好害怕。

上升上升，電梯急速上升，我被巨大的恐懼包圍，在這急速上升的電梯裡，只有我自己。

害怕。

突然的，電梯停止，在八十三樓，才疑惑著這建築物哪來的八十三樓時，電梯就下墜，急速下墜。

下墜。

驚醒，不知道爲什麼，我突然好想見你。

我找你找得好急，可我找不到你，我不知道你人在哪裡，堅持不辦手機的你，我找不到你；你在我不需要的時候出現，在我需要你的時候缺席；在需要與不需要之間，愛逐漸被取代。

在瘋了似的想找到你、可卻怎麼也找你不到的那天，我一個人躺在床上，盯著天花板，越想越躁慮、越想越不甘心，我只得嘗試著打宋愛聖的手機找你。

『立揚應該在上課吧，怎麼啦？』

怎麼啦？怎麼會我就把媽媽的事告訴他了呢？

『我陪妳去，等我，我現在過去接妳。』

然後他趕來，陪我一起去了律師事務所，我決定再上訴，去他的高額保費，我要的是媽媽死亡的眞相。雖然他什麼事也沒做，什麼意見也沒給，就是單純的陪伴，陪在我身邊，但對於當時極度混亂的我而言，卻就夠了。

就夠了。

離開律師樓之後，兩個人，在咖啡館裡，度午后。

平靜。

我們沒再聊起無解的命案，種種的推測我已經聽得太多，過多，我不需要再多一個人的揣測，我只想要媽媽再回來，回來告訴我到底這是怎麼一回事，回來回答那些她欠我的答案。她愛過爸爸嗎？爲什麼他們要把我留下？她怎麼可能只因爲一杯威士忌就醉了過去溺斃在旅館的浴缸裡？

我不要一通電話直接了當的告訴我媽媽死了、死因待查，我不要什麼狀況也搞不清楚的直接就得接受，我要他們回來告訴我，這只是一場開了過頭的玩笑，媽媽從來就只喝紅酒的，爲什麼沒有人想到這件事？爲什麼沒有人知道！

媽媽到底有沒有愛過我？是不是後悔生下我！

『哭出來會好過一點。』

他握了握我的手，像是在哄小孩那般的，然而我還是沒哭，拖延了兩年的官司纏訟早已經用盡了該流的眼淚分量，還透支。

「我很討厭……那種找不到人的感覺，很糟。」

『妳要去立揚學校找他嗎？我帶妳去？』

「不用了，我只是突然想到那天，那一天也是，其實沒什麼要緊的事，但我就是突然的好想打電話跟媽媽說說話，我很少這樣，我們母女關係其實很疏離，可是那天我就是無論如何也想聽聽媽媽的聲音，然後手機響了好久都沒有人接，我找不到她，然後……然後電話就來了。」

『嘿！妳想找人的時候，隨時找我好嗎？我是那種睡覺被吵醒了也依舊好脾氣的人喏。』

我突然被他的話弄得很想笑：

「我找你幹嘛？」

『讓我有機會告訴妳我愛妳啊。』

「神經病。」

『欸我是認眞的耶，我愛妳，而且已經很久了。』

「……」

『讓我保護妳，好嗎？』

「好肉麻，眞受不了。」

『並不會，那是因爲你們都太自我保護了，偶爾分點空間讓別人保護，這樣比較不會累到自己。』
「哪個你們？」
笑了笑，他沒回答。
『眞的，妳試著這麼做看看，就當作試用期也沒關係，在下歡迎妳無限期試用。』
「神經病。」
我又重複了一次，只是這次的話裡，帶著笑。
『或者當成是心情的垃圾筒也好，垃圾筒隨時歡迎妳傾訴。』
只有笑、沒說神經病，這次。
「搞不懂爲什麼有人就是堅持不辦手機。」
『怕被別人打擾吧，妳知道、他常被女人打擾。』
「惹人厭，最討厭那種因爲自己方便造成別人不便的人。」
『要我替妳轉告他嗎？』
「好呀，順便替我問問、怎麼他的世界就這麼容不下別人嗎？」
『嘿、妳是不是喜歡他？』
搖頭。
我沒說謊，是他問錯了問題、或者應該說是問對了：我不喜歡他，我愛他。
感覺就像是翻閱著高中時照片那樣，每次我總搞不懂爲什麼在團體的合照裡，總有個陌生學弟的出現？直到畢業時，學弟告白之後，我才恍然大悟：原來喜歡一個人可以隱藏那麼久。

告白失敗。

『反正我已經大量出現在妳的照片裡了，妳現在總算會記住那個奇怪的陌生學弟爲什麼總是在妳的合照裡露一臉了吧？』告白失敗的學弟依舊不忘開朗的笑說。

『以後翻閱照片的時候，別忘了多看我一眼喔。』

於是翻閱舊照片時，我眞會多看這可愛學弟一眼。

然而在翻閱記憶的時候，我卻依舊模糊：到底宋愛聖是從什麼時候開始理直氣壯的出現在我們生活裡？我找不出線索，關於他的存在，理所當然似的存在，潤滑著我和你之間的關係。

潤滑。

我唯一知道的是：對的時候沒做，往後就更沒可能了。

而對的時候做了呢？

我對你不是喜歡而是愛，雖然我沒說，但是我知道，喜歡和愛從來就是兩碼子事，我知道。只是我不知道的是，爲什麼兩段單向的愛，卻始終無法交會？

而他，在他身上，我找到了答案。

有的時候，在絕大多數的情況下，只是有愛，還是不夠，眞的不夠，不夠把愛轉化成爲幸福。當愛與幸福無法同時擁有甚至衝突的時候，換作是你、你會選擇什麼？而你，也知道的，不是嗎？

所以你才會退、才會放，不是嗎？

第六章

◆之一 宋愛聖

根據女朋友的說法是，當我來到她的公寓——嚴格說起來，是我後來買下給她住的公寓——時，整個人已經醉得八九成了。

女朋友的推測如下：

醉得八九成的我，拿著鑰匙對著門鎖磨磨蹭蹭的、怎麼就是對不準鑰匙孔，而當時人在客廳地板上做著瑜珈的女朋友擔心害怕的以爲是遇到了小偷闖空門，女朋友當下的第一個反應是拿起手機撥號給我——英雄救美，多感人的浪漫畫面哪。結果畫面沒有成眞，因爲手機撥通之後，來電鈴聲卻在門外響起，女朋友這才明白原來搞不定門鎖的人不是笨小偷卻是她的醉男友，女朋友於是又好氣又好笑的開門，接過我的手機，女朋友扶著醉了八九成的我，吃力的勉強把我弄到沙發上，最後八九成的醉意轉換成爲完全的睡意，我於是就這樣賴在女朋友的懷裡，在沙發上沉沉睡去。

還發了場夢。

夢裡回到了過去，那小時候的紅色圍牆，那天雙胞胎兄弟都在，於是陪我下紅色圍牆展開古井之旅的人換成是欠我彈珠的立揚、而非沒用的替死鬼立強；夢裡我們沒找到古井卻先被琴聲吸引，立揚於是拉著我、尋著琴聲，我們找到妳。

你們兩小無猜，你們一見鍾情，你們的人生都還在自己想像中的範圍之內，一切如此單純而又美好，與我無關的單純美好。

同樣的事件，立強換成了立揚，不同了我們的後來。

夢的場景再換。

多年前那冷漠老闆娘的咖啡館裡，我第二次遇見妳的那天，妳同樣的匆忙經過我的身邊、同樣捉住了我所有的視線，同樣我起身把妳追上，同樣的追逐同樣的路徑，同樣的妳停下腳步攔了計程車，然後上車，同樣的我再次錯過妳。

不同的是妳上車離去之後，取而代之的是立揚站在對街，立揚朝著我喊：

『你這樣算什麼！』

然後立揚走向我，越過我，順著他的視線望去，我看見立揚視線的來源是他的爸爸。

然後我就醒了。

在夢境與現實交疊的潛意識表層裡，我恍恍惚惚的回想著那天的前後經過，那些我遺失了的記憶片段，我試圖拼湊，拼湊那些被略掉的記憶片段。

那天在咖啡館裡，我匆匆一瞥認出妳的當下，妳臉上的表情是難以置信的驚慌。

往後我才知道，就是在那天的咖啡館裡，妳沒來由的焦慮著，在最角落的位置裡，妳焦慮著撥打母親的手機、卻怎麼樣也得不到回應，最後妳接到了警局打來的電話，妳匆忙離開，離開時妳經過了我的桌邊，然後捉住我的視線。

然後呢？

然後我放棄了只喝了一口的咖啡——往後被冷漠老闆娘氣了好久的原因——丟了鈔票在桌上，立即決定起身追上妳，我跟在妳身後胡思亂想著該怎麼喊住妳，就在那混亂的追逐裡，我粗心的擦撞到迎面而來的一個男人，我匆匆的說了聲抱歉，繼續胡思亂想著村上春樹在《遇見百分百女孩》裡是怎麼跟對方搭訕的——就是了！

就是在那胡思亂想之前，一個似曾相識的短暫念頭閃過我的腦海，然後被我忽略。

立揚的爸爸！就是了！那個迎面走來被我粗心擦撞的人，就是立揚的爸爸！

他怎麼會在那裡？在那走向咖啡館的路上？

倒抽了一口氣我睜開眼睛，首先映入視網膜的是女朋友的臉，還有她臉上疑惑的表情。

『你做夢啦？』

才思考著該怎麼把這想透了的前後經過告訴一無所知的女朋友時，女朋友就打斷了我的思緒整理，自顧著說：

『剛剛你的手機有響喔，大概是你還在做夢的那時候吧。』

「嗯？」

『這麼晚了會是誰打電話給你呀？』

「妳接了嗎？」

『接了，因爲沒有來電顯示，本來以爲會不會是哪個你在外面偷吃的女人打來的呢！』

「傻瓜。」

『還好不是。』

「誰打來的？」

『不曉得，是一個男的，聲音很好聽，好像在哪聽過的感覺；我說你在睡覺，然後他說了謝謝就掛了。』

「有說是誰嗎？」

『沒有，但他說會再打來。』

沒有來電顯示？立揚？沒可能吧？

□

那天妳奇怪的難得早起然後出門，而我和立揚坐在客廳的沙發上吃著午餐有一搭沒一搭的聊著。

我們聊了些什麼呢？實在是想不起來了……太久了、也太瑣碎的閒聊了，只記得不知從哪扯到哪的，立揚突然說道：

『那畢業紀念冊你一直忘在我車上沒拿回去。』

「你幹嘛一直囉嗦著要我拿回去呀？」

搖搖頭，然後立揚沉默。

沉默隨著妳的出現被打破，更正確一點的說法是，妳帶著一隻狗出現。

「妳回來啦。」

『這什麼東西？』

我說的是妳回來啦，立揚問的則是這什麼東西，而妳回應的人是立揚：

『沒禮貌，什麼叫做這什麼東西嘛。』

妳懷裡抱著這隻巴戈幼犬，臉上則是難得一見的開懷笑容，以及，難得一見的可愛娃娃聲：

『小胖子，這是你的新家哦！跟哥哥們打招呼呀小胖子。』

揮著這妳取名叫小胖子的巴戈犬那肥肥短短的前腿，妳用可愛的娃娃聲對牠說話、還親了牠好幾下，簡直是把我給羨慕死、那小胖子；立揚臉上露出天呀的表情，妳則是繼續自得其樂的搓揉著這小胖子圓滾滾的身體，還發出咕嘰咕嘰的卡通聲音；簡直教人跌破眼鏡，沒想到這狗東西竟能帶給妳這樣大的喜悅，引發出妳深藏不露的一面——關於愛的那一面，小女孩似的那一面。

『妳要養狗？』

『妳難得早起出門就爲了這東西哦？』

我和立揚再一次的異口同聲，妳癟了癟嘴巴、對著立揚。

妳並沒有說難得早起出門是爲了什麼，但妳興致勃勃的描述著在回家的路上時，經過寵物店看見了櫥窗內籠子裡的這隻小胖子——妳對牠一見鍾情——妳確實是用了一見鍾情這詞彙，被這隻小胖子的眼神給吸引住了腳步，然後妳走了進去，本來只是想要摸摸牠抱抱牠，但沒想到簡直就像是命中註定——妳還說了命中註定——那樣，小胖子撒嬌著不肯離開妳的懷抱，接著感性勝過理性，妳當下就掏出鈔票將牠買回家。

『在回家的路上我還帶小胖子去喝咖啡哦，好高興哦！小胖子就乖乖的坐在椅子上陪我喝咖啡耶！我點了一杯牛奶給牠喝、還餵牠吃鬆餅，小胖子吃東西的樣子好可愛哦！小胖子你好可愛喲！』

天呀的表情又再度出現在立揚的臉上，他開始囉嗦了起來——當妳在他面前時，他才會露出來的這一面。在妳面前，我有點陌生的立揚。

『妳不能隨便餵狗吃人類的食物吧？』

『牛奶和鬆餅又沒關係。』

『那妳要把牠養在哪裡？車庫？』

『鬼才養在車庫咧！我要小胖子跟我一起睡。』

『這樣很不衛生耶。』

『這是我家、你管得著。』
『這是衛生問題好嗎？』
『好啦，我會每天給牠洗澡啦。』
『狗不能每天洗澡啦！』
『你很囉嗦耶！你是養過狗了哦！』
『沒有呀，妳咧？』
『也沒有呀，傷腦筋，不知道怎麼教牠在馬桶尿尿。』

天哪的表情，立揚的臉上再度出現。因為小胖子馬上就撒了一泡尿在沙發上。眞是一片混亂，妳尖叫著把撒著尿的小胖子從腿上抱開，結果牠的尿就這麼在沙發上擴散開來；妳狠狠的賞了小胖子兩個耳光，小胖子一臉的無辜以及不知所措，我則是起身去廚房拿抹布，至於立揚是裝作沒看到的說他要去上課了。

『你有課嗎？要不要順道載你一程？』

「我沒課。」

我說謊，其實我有課；只是都快升大四了還連續兩天都去上課的話，連我自己都會瞧我不起；從大三之後我所採取的上課態度就是隔週休——這週上過的課、隔週自動休息。

然後立揚乾乾脆脆的離開，離開之前還嘲笑似的看著我替這狗東西抹尿。

處理完小胖子在這房子的第一泡尿之後，妳抱起牠往浴室走去，我開始擔心立揚的先見之明，於是跟著也上去；果眞浴室裡妳狼狽的想替小胖子洗澡，而小胖子則是狼狽的想要逃跑。

「我幫妳吧。」

『我不是說你們不准上二樓嗎？』

『僅此一次、下不爲例，不過、我養過狗，我幫妳吧。』

妳眼睛一亮，開心重新回到妳臉上；一邊幫這怕水的狗東西洗澡時，一邊我聊起了我的小白。

小白是我們家的第一隻狗，也是最後一隻。

當我們還是臭小鬼像群野猴子那樣在紅色圍牆爬上爬下的時候，一隻小小的白色流浪狗突然跑進我們的世界，野猴子們一陣驚喜，捉著這模樣可愛的小白狗著實熱鬧了一整個下午，直到晚餐時候、紛紛被媽媽們喊回家吃晚餐時，這陪我們熱鬧了一整個下午的小白狗露出楚楚可憐的表情。

『狗有表情嗎？』

「眞的有啦，還會害羞的笑咧。」

『好吧，然後呢？』

然後我牙一咬，偷偷把小白帶回家藏在房間裡養，不過當天晚上就被媽媽發現並且還火大的揍了我一頓，最後媽媽撂下狠話說不是牠滾就是我滾。

『結果是你滾嗎？』

「喂！」

『好啦好啦，然後咧？』

然後我只好把牠先暫時養在學校裡，並且以考試拿第一名交換條件養小白之後，媽媽才答應了我把小白養在家裡。

「那可是我生平第一次考第一名。」

『也是最後一次嗎？』

「喂！」

『呵～～』

看著妳臉上的笑容，我卻開始猶豫了起來、該不該繼續說小白後來的下落。

小白長大了之後，在發春期和附近的野狗搞大了肚子，家裡養一隻狗已經是媽媽的極限，於是這次，什麼也沒得商量的，大人用紙箱裝著懷孕的小白，趁著我上課的時候、把牠載到了山上棄養；回家知道之後我覺得整顆心都碎了，一想到小白怎麼自己把小狗生下來、一想到牠和肚子裡的小狗們在山上孤零零的不知道有沒有東西可以吃……我心都碎了。

那是我第一次離家出走，如果早知道那也是最後一次做出這樣帶種的舉動的話，我應該就會選擇到遠一點的地方、而不是只到機車行過了一夜，然後就被逮了回去還被海扁一頓。

後來我也沒再想要養狗了，可能是長大了、也可能是課業壓力重，更可能是因爲、不想再心碎一次；心碎的滋味不好受，所以我捨不得妳心碎，於是我保留了小白的後來。

爲了避免妳追問小白的後來，於是我轉移話題：

「寵物是最好的感情治療師。」

『嗯？』

「不知道該怎麼解釋，不過我想妳應該懂我意思，寵物是最好的感情治療師。」

『嗯。』

「要不要陪妳去幫小胖子買狗食和睡墊，睡床上眞的很不衛生。」

「嗯。」

出門，上街，替小胖子佈置牠的新家還有新未來。

這算是約會嗎？我不知道，但我當這是。

因爲那是第一次，我從妳的眼中、只看到我自己，而不是立揚和我，又或者是只有立揚。

◆之二 李小潔

『如果可以選擇的話，妳想再見面的人是我還是他？』離開PUB的時候，你問了我這個問題。

「我不回答假設性的問題。」

我不回答假設性的問題。我說。但其實我想說的是：妳可不可以離開這裡？我不想走在街上看到每個長頭髮的女生都以為會是妳，那樣太痛苦了。

我想告訴你的是、這句他對我說的最後一句話，我想告訴你，我看見他就此把心關上、在我面前，而我、被鎖在門外、被要求離開。

因為他的心魔，你。

於是那年我匆忙離開，連解釋的機會也沒有的、就這樣讓誤會一直存在。

他不想聽。

我沒再見過他也沒再見過你，我不知道你們怎麼面對彼此？是不是大吵一架、把話說開？還是假裝整件事情從來沒有發生過、假裝我從來不曾存在過？然後你們回到過去我還沒出現的你們的樣子，繼續選擇相信你們願意相信的事實？

這七年八個月以來、我心裡最大的疑問，直到和你的再重逢，我才知道你們也沒再見過彼此；他不想把話聽清楚、他害怕面對會聽到的答案，儘管答案從來就不是他所以爲的那樣。

他的想像力就是不肯放手。他的心魔，你。一開始最坦率勇敢的人，到最後卻只想要懦弱的逃避。

決裂。

於是我們這曾經相互依靠的三個人，從此形同陌路；然後拐了七年八個月的彎，然後我們再重逢，然後我們又拐回了原點，七年八個月的那天。

原點。

七年八個月前我們停滯的原點，七年八個月後的今天，我們跨越。

這是第一次，你走進我的房間，以一種無言的默契，你送我回旅館，將車交由門房停妥，然後我們上樓，當卡片插入門鎖的同時，你從身後抱住我，我感受著你的氣息你的溫熱你的慾望，我的身體舉械投降。

我們將思考交還身體，我們成爲慾望的獸。

交纏，緊密的交纏。

過去與現在的交纏。

「我一直以爲很困難欸、這擁抱。」

『嗯？』

「擁抱，這是我第一次的擁抱。」

『這幾年來？』

「不，長大後以來。」

『怎麼可能？』

「眞的。」

『不擁抱的話怎麼做愛？』

「可以呀，要我教你嗎？」

你笑了笑，然後把我摟得更緊了；輕咬著我的肩膀，你又說：

『沒有擁抱的做愛只能稱之爲性交吧。』

「隨你怎麼定義。」

你沒想再定義，你把臉埋在我的頸肩，呢喃似的說道：

『同類。』

「什麼同類？」

『他曾經說過，我跟妳是同類。』

我想，我明白他的意思。

「我的答案是你們。」

『嗯？』

「剛你問我的問題，如果可以選擇的話，我想再遇見的人是你們，你們同時。」

『爲什麼？』

「因爲我不喜歡欠別人東西，尤其是解釋。」

『就算於事無補？』

「就算於事無補，就算事過境遷。因爲是解釋呀！」

『那麼重要嗎、解釋？』

「對我而言、是的，我不想像我媽媽那樣，一輩子都欠她女兒解釋，太多太多的解釋。」

然後你起身，你的視線望向電話，你說：

『他應該是那種一輩子都不會換門號的人吧。』

你撥號，鍵入十個數字，在等待線路接通的同時，我的思緒亂飛。接通。

你簡短而禮貌的應對，然後放下聽筒，然後你凝望著我，在那凝望裡，我看見過去離現在遠去。

「也睡吧。」

我說。

拉開被單，你躺在我的懷裡，像個撒嬌的孩子那樣、你將臉埋在我的胸前，而我們的姿態是擁抱。

『妳記錯了哦。』

「嗯？」

『我們早就擁抱過的。』

「你二十歲生日那天嗎？」

『不，我們最後見面的那天。』

握著我的無名指，你親吻著。

『妳又記錯人了。』

這是你睡前說的最後一句話。

□

錯誤的記憶。

『原來妳喜歡的是他那一型的哦。』

知道了我們的交往之後，這是你第一次、也是唯一一次對我表示你的意見。

「因爲他接受這樣的我而不干預。」

『我懷疑他愛上的只是記憶中的妳。』

「什麼意思？」
『他沒說過嗎？』
「說什麼？」
『奇怪，他跟我囉囉嗦嗦了那麼多次，卻從來沒有告訴過妳？』
「囉嗦什麼啊到底？」
『囉嗦先遇見妳的人是他而不是我。』
「怎麼可能。」
『紅色圍牆，日式老建築，彈鋼琴的小女孩，眞的是妳嗎？』
我倒抽了一口氣，而你的反應則是笑，你笑著搖頭：
『眞的是妳！好吧，我輸給他了。』
遺失了的記憶片段開始浮現我的腦海，我仔細的盯住你的臉，驚訝的簡直說不出話來。
『幹嘛露出那種表情？』
「天哪！難怪我一直覺得你好面熟。」
接著我拼湊那遙遠的記憶拼圖，我敘述著那年的那個小男孩，我甚至提到了他臉上那捉住我吸引力的、無法形容的東西。你眼底一閃而逝一抹異樣的光，不太明顯的。
『妳知道妳臉上是什麼表情嗎？剛剛妳形容的時候。』
「什麼表情？」

『愛。』

結果你這麼說，不我任何疑問的空檔，接著你提議去找他。

「現在？為什麼？」

『因為他有東西一直忘在我車上。』

上車，開車，你的老爺車。

在車上，你淡淡的問道：

『妳覺得我是不是該搬走了？』

「為什麼？」

『他不會介意嗎？自己的女朋友卻和自己的好朋友同住一個屋簷下，怎麼想都很詭異吧。』

「我們又沒怎樣。」

『但換作是妳的話——』

『你別老是這樣自以為是的了解別人好嗎？他認識我的時候我們就是這樣了！要不他就是接受要不就拉倒，他都沒說話了你說什麼話！我們只是交往而已，並不是變成對方的附屬品，幹什麼非得為對方改變不可！』

不知道為什麼我突然憤怒了起來，一股腦的囉嗦了一堆。

『奇怪當初不是妳要我想搬走的時候隨時歡迎嗎？』

「當初是當初，現在是現在！這他媽的是兩碼子事！」

『妳不能這樣！』

「哪樣？」

『心裡有著人卻還愛別人。』

「我對他是喜歡不是愛。」

『那對我呢？』

我以為你會這麼追問，但是結果你沒有。

如果當時你問了呢？

所以你才不問的，是不是？

僵。

僵持的氣氛到了他的住處樓下，我打破了沉默，軟了口氣：

『長大後，只有你親手為我煮過飯。』

「就因為這樣？」

『長大後有人為你煮過飯嗎？』

「沒有，這輩子只有我媽媽為我煮過飯。」

『所以你知道你對我而言不一樣的。』

你沉默，接著從後座拿了兩本陳舊的畢業紀念冊要我轉交給他，接著你說有事要先走了，然後你就乾脆的走了。

按門鈴，門打開，他奇怪的看了看我身後的空白：

『立揚咧？』

「發神經先走了。」

『你們吵架了？』

「我要喝酒。」

『啤酒可以嗎？』

「隨便。」

當他帶了一手啤酒回來的時候，我正好找到了你國小畢業的大頭照。

明明就是你，我記憶中的那張臉，生命中第一張令我心動的臉；或者是你稱之爲的、愛。

「我怎麼不知道立揚的名字叫做立強？他後來改名字嗎？」

他大笑。

『那是立揚的雙胞胎哥哥啦！立揚在下一個班級裡。』

「立揚有哥哥？」

『他沒告訴過妳？』

爲什麼我們總是固執著不肯洩露最在意的事情？

「你也沒告訴過我啊，紅色圍牆，日式老建築，彈鋼琴的我。」

他難爲情的笑著，接著翻開另一本畢業紀念冊。

我仔細的盯著照片上的這張臉，這個叫做立強的小男孩，這個你的雙胞胎兄弟，這個第一眼就捉住我所有吸引力的臉，這個你將那吸引力稱之爲愛的臉。

「欸，你想小孩子懂不懂愛？」

『問我的話當然嘛是説懂呀！因爲我從還是小孩子的時候就愛上妳了。』

「那、這個立強現在在哪裡？」

『死了。』

那是我聽過最悲傷的聲音。

我轉頭，看見他的眼淚滴在他手中的那本畢業紀念冊上，而那本畢業紀念冊，他始終沒讓我看過。

第七章

◆之一 宋愛聖

我回到我的紅色圍牆，吞了平時兩倍分量的高價安眠藥想要換得高品質的睡眠，不過卻不知怎麼的、心煩意亂的打開了客廳旁的那個小房間，立揚之前住的那個小房間，我拿起如今房間裡唯一的東西——我的畢業紀念冊。

要一輩子跟你在一起

久違的筆跡，立強的筆跡，閉上眼睛，我再次淚流。

你是故意的、立揚，對不對？還是在心底怪我間接害死了立強、對不對？怪立強爲了想要和我多相處於是提早就上補習班，怪立強爲了追上我的腳步於是發生了那樣的憾事、對不對？

是我的錯嗎？我懷疑這個問題連立揚自己也回答不來。

我想像著當年的立揚整理著立強的遺物時、發現到這畢業紀念冊的心情，我想像著立揚當時臉上的表情，我想像著……我想像不到自己該怎麼面對。

我無法想像，我只好逃避。

那些話立揚早就告訴過我了，當好幾年前我們第一次在花蓮海邊的時候，立揚就說了；那時立揚就坐在我的身邊，我們面對著海洋，在歌聲裡，立揚喃喃說著什麼。

而夜太黑太冷，風太大太沉，我並沒有聽得完全、僅是片片斷斷，接著索性假裝完全沒有聽到，假裝我們就是我所要的樣子，我們、我和立強。

我們都放在心底，偶爾才把心打開來看一看。

——我哥很喜歡你。

——那時候他老賴在你身邊不是嗎？雖然我們是雙胞胎，不過你們看起來卻比較像兄弟。

我可以假裝立強只是太想要有個哥哥，假裝立強只是太孩子氣，假裝……

——欸，你想小孩子懂不懂愛？

——問我的話當然嘛是說懂啊！因爲我從還是小孩子的時候就愛上妳了。

——那、這個立強現在在哪裡？

——死了。

到底是註定還是巧合？當年妳問我這個問題的當下，立強的筆跡正好映入我的眼簾，於是我淚流，因爲悲傷爆發。

再醒來已經下午，而當老闆的好處就在於此：遲到了不必向誰請假，缺席了還可以責怪他們幹嘛打電話來吵醒我。

「就錄取和麗塔長得最像的人當助理好了，以後這種面試的小事別煩我。」

我說，然後掛了手機；雖然我們的愛情不在了，但妳的起床氣卻傳染於我。累死了。

安眠藥的作用還沒完全退去，此時我的腦子仍然昏昏沉沉，視線失焦的望著我的手機，突然想到昨天女朋友接到的那通不具名電話，像是個動力那般，我起床沐浴，最後往PUB去。

時間還早，PUB還沒開始營業，我只得打了老闆的手機，沒一會、他從鐵門探出腦袋，揮揮手要我自己進去。

「看來這下我可得付包場的費用了。」

『說得好，我會幫你開統編報帳節稅的。』

「還眞的咧。」

『喝什麼？』

「咖啡可以嗎？我這陣子喝太多酒了。」

於是老闆從冰箱拿出兩瓶罐裝咖啡，眞是有夠乾脆；眞該介紹他和冷漠老闆娘認識，這樣他們就會爲了罐裝咖啡到底稱不稱得上是咖啡的這事吵得沒完沒了。

眞是有夠妙的畫面，光想就好笑。

當我接住從桌面上滑過來的咖啡罐時，老闆笑著說：

『奇怪，你們是在演魂斷藍橋嗎？』

「哪個你們什麼魂斷藍橋？」

『魂斷藍橋呀，一部男女主角兩個人不斷錯過的電影，怎麼、我們年代有差那麼多嗎？』

「有，你老得可以當我爸了。」

『幹。』

「哈！哪個你們、你還沒說。」

『你和立揚，你在找他不是？立揚昨天有來。』

媽的我昨天就在一條街外的酒家裡應酬！該死！

「他一個人嗎？」

老闆搖搖頭，從他的表情我可以猜出他接下來想說的答案，於是我打斷他，我說：

「我現在想喝酒了。」

在酒精裡我想起我們三個人共度的第一個跨年。

第一個，也是最後一個。

□

那一陣子立揚已經不怎麼出現在我們兩人之間了，他的課業變重，他的駐唱邀請變多，他越來越忙，忙著受歡迎，忙著被愛慕，忙著面對我們所不了解的大世界，也忙著不介入我們。

而那天，那一天，立揚卻來找我，他說妳親手下廚煮火鍋要我們三個人一起晚餐，然後迎接跨年；我留意到他身上輕微的酒氣，很輕微的酒氣、不過我還是留意到了，因爲握著方向盤的人是他。

上車。

『愛情眞偉大，居然能讓一個不下廚的女人親手煮火鍋。』很好，很酸的話，酸過了他身上輕微的酒氣，起碼這證明了他還有足夠的清醒開車。

「煮火鍋不算下廚啦，只是把食物丟進去而已。」

我試著不去在意他話裡的酸意，不過並不成功，因爲立揚接著嚴肅的說、不，或者應該說是交代：『聽著，試著讓她把酒完全戒掉好嗎？』

「突然的、說什麼。」

『還有，偶爾做飯給她吃。』

「立揚……」

握著方向盤，立揚開始細說妳喜歡的肉類，妳討厭的蔬菜還有什麼水果會讓妳吃了直接吐出來的，以及想辦法讓妳不要醒來只喝咖啡……嘮嘮叨叨的立揚，把愛嘮叨在話裡的立揚。

「你是不是也愛她？」

沉默。短暫的沉默，卻足以窒人了；立揚沒承認也沒否認，立揚反而問我：

『你會不會問得太晚了？』

「不會，因爲我早就問過你了，在花蓮的海邊。」

『……』

「你又耳背了嗎？」

沒理會我，立揚自顧著說：

『我沒看過她的那種表情。』

「嗯？」

『平靜的幸福，她從來沒用過那種表情看我，只有和你在一起的時候，她才會露出那種表情。這是我唯一嫉妒你的一點。』

「立揚……」

『替我把她照顧好。』

「嗯。」

『愛和幸福是兩碼子事。』

立揚最後又說，只這麼說。

Happy New Year！

在倒數結束之後，也忘了是誰突發奇想的提議南下上阿里山迎接那年的第一個日初。

所以我們就上路了，眞是三個瘋子。

在高速公路上，立揚在駕駛座上，而我在右座，至於妳和小胖子以及三瓶紅酒則同在後座，有夠失策的座位安排，因爲車才駛上高速公路沒多久，妳就開始動手解決第一瓶紅酒了。

就著瓶口喝紅酒，眞難想像妳這樣清秀的女孩結果卻是這樣豪邁的喝法。

『拜託妳不要在車上喝酒好嗎！』

咕嚕咕嚕，妳以行動駁回立揚的抗議。

『妳等一下醉了我就扔妳下車。』

咕嚕咕嚕。

「天哪！」

我驚呼著，同時雙手捉緊了安全帶：

『你飆到一百五哦！』

『這樣的速度有一百五？感覺不出來。』

說著妳起身挨向立揚身邊想確認時速表，立揚被妳這突然的舉動給嚇歪了方向盤，我們同時一陣驚呼，立揚瞪了我一眼，我明白過來、順手接過妳手中的酒瓶。

『妳幹什麼一定要眼見爲憑呀！』

『不然憑感覺哪能知道嘛。』
『不是什麼事情都得親眼看到親口說出的好嗎！』
『你在暗示什麼嗎？』

「天哪！」我的驚呼打斷了你們的吵嘴：「你越開越快了啦！快兩百了耶！別光顧著講話呀你！立揚你眼睛要看前面啦！」
『天哪！』
這次換成了立揚，因爲小胖子居然不知道什麼時候趁亂鑽到了立揚腳下：
『妳把這狗東西拿走啦！』
『你不要踢到小胖子哦！』
「喂～你別爲了躲牠猛踩油門呀！」
『小胖子你不乖！』
可憐的小胖子，又挨妳揍了。
說出來一定很可笑吧！不過在那個當下，我確實在心底想像著妳對待我們小孩——生三個，男女無所謂，以其中一個的成就爲傲，對其中一個的人生感到失望，剩下的那一個則平平淡淡的留下來陪我們終老就好——的模樣，我覺得好甜蜜。
我確實曾經，眞心誠意的，想和妳共度這一輩子，把我們的未來規劃在一起。
曾經。

結果我們沒去成阿里山，因爲立揚的老爺車在途中就鬧起彆扭來；在路肩等待拖吊車來救老爺車以及我們的同時，立揚突然的說道：

『我找到房子了，這幾天就會搬走。』

『爲什麼？』

「爲什麼？」

我們異口同聲，就是連小胖子也驚訝的汪汪叫。

『有唱片公司和我簽約了，反正發了唱片之後——』

『你這算什麼！』

立揚別開臉，沒回答妳的憤怒。

妳爲什麼要憤怒？

『他們是要把你做成偶像歌手喔？』

我試著想把話題轉開，於是立揚勉強的陪我聊起這我們所不了解的唱片界，至於妳，則是賭氣的沉默。

妳沉默到底。

不過，顯然立揚並不同意妳的沉默：

『妳別這樣好不好？』

『我哪樣？』

『我之前就告訴過妳我會搬家了。』
『那是兩碼子事，你到底要我講幾遍！』
『我有我的人生不行嗎？妳現在又不缺人照顧妳！』
『去你媽的人生！』
『女孩子不要滿嘴粗話比較好。』

——替我把她照顧好。

立揚……
「拖吊車來了。」
你們都沉默。
「嘿！我們請司機載我們回那個地方如何？」
『哪個地方？』
立揚問。
「紅色圍牆。」
『已經拆掉了不是嗎？』
終於妳也打破了沉默。
「但是在我心中它一直還在。」
紅色圍牆，我們那年迎接第一個日初的地方。

三瓶紅酒，三個人，三份心事。

天亮之後，立揚說他想回機車行睡覺補眠，我沒多問什麼，因爲立揚說過，只要是住過的地方，他鑰匙就會隨身攜帶著，更何況立揚的爸爸一直沒出面處理掉機車行的房子。

那妳呢？

妳說想回台北了，於是我陪妳到火車站坐車，然後我再獨自回家，幻滅了想帶妳見我爸媽的期待，不過沒關係、時機到底不太對：妳一夜沒睡，妳身上有酒味，並且、妳心情欠佳。

「沒關係，有的是機會。」

在心底，我這麼告訴著自己。

後火車站。

『當年我就是從這裡離開的，和媽媽。』

妳說。

『我想放棄了。』

「什麼？」

我問，心頭一緊。

『媽媽的上訴，放棄算了。』

「爲什麼?」

『無謂的掙扎，我想通了。』

「嗯。」

妳告訴我妳不會告訴立揚的事情，正如同立揚告訴我他從來沒告訴過妳的事情；你們是兩扇門，你們互相依靠卻又遙遙對望；你們是如此相似的兩個人，你們是同類。

火車進站，我送妳上車；我不知道當火車通往鐵路平交道的時候，妳是不是正倚在窗口凝望著窗外的機車行、然後在心底繼續憤怒著機車行裡的立揚?我不知道最後妳是怎麼說服立揚沒有搬走的?我只知道妳心底始終有扇門，而妳、把鑰匙交給了我；只是我沒想到的是，當門打開之後，門裡住著的人，是立揚。

愛和幸福是兩碼子事。

立揚說得對，卻始終沒做對。

◆之二 李小潔

醒在你的親吻之中，我拉起被單蓋住嘴巴裡睡眠的殘味，笑說：

『好特別的Morning Call哦。』

你嘴角揚起的微笑延續到我的耳邊，親吻，早晨的親吻，你的親吻。

「嘿！我回來的第一天就發了一場關於你的夢哦，就在這張床上。」

『嗯？』

接著我敘述起那場夢：下雨的夜，困住的我們，還有、你病危的父親。

『妳確定夢裡的人是我嗎？』

「不然咧？」

『因爲聽起來比較像他。』

「怎麼說？」

『妳有沒有聽過這個說法？除了日有所思夜有所夢的那些除外，有時候那些難以理解的夢境其實是我們的前世今生，或者是我們錯過的另一場人生。』

「錯過的另一場人生？」

『就像是，在同一個時間空間裡的另外無數個不同的次元、所進行展開的分叉的人生。』

「不太懂。」

『例如說，在當時你們選擇分手的那個時間點上，同時分叉出去了另一個時間點是沒有選擇分手的你們的現在，而妳發的那場夢，會不會只是因爲某個未知的時空裂痕、於是它以夢的型態出現在妳腦海裡？』

「好深奧哦，你從書上讀來的嗎？」

『沒有，我自己想的。』沉默了一會之後，你接著又說：『不過他爸爸是眞的病了。』

『嗯？』

『我去探過他老人家。』

『……』

『人是很奇妙的動物，到最後總是會回到最初生長的地方。』

你說你回去過那裡一趟，大概是今年夏末秋初的事吧，爲的是處理那棟閒置已久的房子、那你出生並且成長的老房子，你在當地找了建商把老房子拆除，打算重新蓋過然後搬回居住；和建商的閒聊間你才知道這社區原本的居民幾乎都已搬離完全，就在房地產起飛的那些年間。

房地產正好的那些年間，原本的居民們開開心心的把房屋土地出售、然後拿到大筆的錢搬到更適合的環境更理想的新房，而建商開開心心的收購了土地，算準了原本紅色圍牆內聲稱要建蓋的亞洲最大的購物中心好大撈一筆——以住宅的地價買進、以商圈的售價或者賣出或者租出；接著當局者換了人、說好要蓋的亞洲最大的購物中心始終不見影子，沒多久景氣跟著進入低迷，只剩下大筆被套牢的土地哀嘆的建商看破人生。

原本不是在地人的建商如今取代了在地人守著那片土地。

『除了一直沒有出面的你們這戶人家，和固執的老里長之外。』

當下你回想起那年迷你國小一甲子的熱鬧流水席、你沒想到那竟也會是你們最後一次同聚的光景，你想起了老里長、也就是他父親神乎其技的把你找回來；接著你表示想去探望他老人家，然而建商卻說老人家現在醫院裡，病了。

『搞不懂，明明是離火車站這樣近的地段，爲什麼卻一直繁榮不起來呢？』

『因爲這裡是註定了要死去的土地。』

結果你這麼回答建商，然後獨自去醫院探望老人家。

當你去到醫院時、開放探病的時間已經結束，於是你僅是靜靜的站在門外，看著病床上被病折磨的枯瘦老人，然後你離開；離開時你與他的母親擦肩而過，你認出了她而她卻沒認出你來，大概是因爲她的改變只是老化、而你的改變卻是變化吧！你說。

『病比死更教人害怕。』

你最後又說。

然而我在腦海裡卻還是難以想像那個有著圓滾滾油肚子的開朗大肚腩歐吉桑變成了你所描述的後來的模樣。

□

他的父親。

那年他邀請我到他家一起熱鬧過農曆年，起初我覺得很抗拒，因爲從來就不是習慣到別人家拜訪的個性，再說自從爺姥過世、姑姑離開之後，這麼多年來、我早習慣了把農曆年過得低調並且寧靜——和媽媽兩個人、或者和你兩個人——

『他們家過年很熱鬧哦。』

聽到他的提議之後，你跟著也附和：

『過年期間他們家簡直變成我們那裡的麻將間，吃過年夜飯之後，全部的大人就往他們家報到去了。』

『對，然後領完紅包之後，全部的小孩則是在機車行開牌局，哈！』

你們開開心心的相視而笑著。

『喂立揚！你今年要不要回來一起過年？』

『這個嘛……』

『你是有計畫了哦、今年過年？』

『這倒是沒有。』
『不然你去年過年在哪過呀？不會是還在打工吧？』
『沒啦，我去年和這女人一起過。』
『兩個人？』
「沒錯，我還包了個紅包給他。」
『還眞當自己是長輩喔！』
「房東本來就是長輩啊。」
『但也不用包那麼多吧。』
「我怎麼知道你打起牌來心機那麼重呀？本來還以爲給你當賭本再全部贏回來的。」
『拜託那是妳太笨了好不好？哪有人——』
『等一下等一下！』
打斷了我們的抬槓，他問道：
『兩個人怎麼打老二？』
『可以啊。』
「可以啊。」
我們異口同聲，接著說起兩個人的大富翁，兩個人的下跳棋，兩個人的年夜飯……
兩個人的農曆年，第一次我們共度的農曆年。

『眞空虛，今年到我家一起來熱鬧啦。』

你看看我，我看看你，然後你點頭，熱鬧的農曆年就這麼說定了。

除夕那天一早，你開著老爺車載我們三人一狗南下，可能是感覺到農曆年的年節氣氛，老爺車那次難得的沒有鬧彆扭而一路順暢直達目的地；當我們到達他家門口的時候，他的大肚腩爸爸就笑開了臉招呼著我們，身邊還有他們親戚的小鬼頭教人頭昏眼花的鬼叫鬼跑著。

熱鬧。

『到了過年我們家就變成民宿啦。』

『就爲了這樣、這老頭把我們家米店關了改建成住宅，嘖。』

『什麼老頭？你老子花錢栽培你——』

他們父子倆一搭一唱鬥嘴著，其中他還趁亂伸出腿絆倒鬼叫鬼跑的小鬼頭們。

『喂！等一下他跟你阿姨告狀、小心你媽揍你！』

『拜託哦爸！我這是在訓練他滑壘耶！對不對呀立揚？』

『對啦！謝謝你以前也幫我訓練滑壘啦。』

『可是結果你不領情、還爬起來拿石頭丟我們家玻璃。』

『從此開啓了我的投手生涯，謝你哦。』

「你們在說什麼？」

『立揚沒告訴過妳哦？他以前打過棒球。』

『嗯？』

你的眼神一閃，轉移話題道：

『我先回去大掃除，晚上再來你們家吃年夜飯。』

『你有病哦！住我家就好啦！去打掃那個沒人住的房子幹嘛呀？』

『先走啦，Bye。』

然後你就走了。

等到年夜飯的時候還不見你的出現，而人太多太熱鬧，一個人的缺席被淹沒在熱鬧裡無從察覺，直到年夜飯過後大肚腩歐吉桑拿出相簿我們一同翻閱，當穿著球衣的你靜止在照片裡時，當他說起你之於棒球的前後經過時，我們才察覺到你的遲遲未出現。

「立揚怎麼這麼慢？」

『大掃除掃到睡著囉？』

「我們去找他。」

『好呀，要帶小胖子一起去嗎？』

『如果你可以把牠從那群尖叫的小鬼裡搶出來的話。』

「那我想我們兩個人去就好了。」

機車行。

我們看見鐵門拉下，而屋內是一片的漆黑，至於你和老爺車則不見蹤影。
『搞屁啊！』
他踹了鐵門一腳，而我沉默。

初二，我帶著小胖子先回台北，而他們則一家子連同大群親戚轉往娘家拜年。回家，我發現你蜷在沙發上睡著，你看起來很累的樣子，累得連電視也沒關就這麼直接睡著。
「搞什麼飛機！」
我啐著，然後把小胖子放在你臉上，你們同時嚇了一跳。
「你幹嘛偷偷跑走？」
『幾點了？』
「初二！」
『我睡了這麼久哦。』
你起身坐著，但仍一臉的睏。
「你不會是那天離開之後就直接回來了吧？」
『嗯……』
「我煮杯咖啡給你醒醒腦。」
咖啡因進入到你的胃裡之後，你才終於清醒了些：

『妳變溫柔囉，居然會爲別人煮咖啡了。』

「……」

『愛情眞偉大。』

「那我看你也該去談個戀愛了。」

『嗯？』

『如果你曉得怎麼愛人的話。』

在把咖啡潑到你身上的同時，我說道。

起身準備走人時，你喊住我：

『欸，對不起啦。』

「你以後不要用那種口氣跟我說話。」

『好，但妳以後要潑我咖啡時先看看小胖子在不在我腿上，牠很可憐、也被妳潑到了，嚇得要死、還漏尿了。』

忍不住我就笑了出來，接過小胖子，我們一起到後院替牠洗澡，因爲你堅持約定就是約定：不准上二樓。

『好玩嗎？在他們家過年。』

「還不錯，沒有我想像中的拘束。」

『因爲他們家的人都很好相處。』

「你幹嘛把我騙去了又自己偷跑回來？」
『我本來就不打算在那裡過年。』
「爲什麼？」
『在熟悉的熱鬧裡想起已經失去的過去會讓人很不好受。』
『你爲什麼都不告訴我？你過去的事。』
「妳不也是？妳媽媽的事。」
你把問題丟了回來給我，我無言以對；直到那個時候，我們還是無法習慣對彼此打開心門，儘管我們對於彼此的陪伴已經熟悉到幾乎依賴的程度。
「那爲什麼要把我騙去他們家過年？」
『因爲對妳比較好。』
「嗯？」
『和他在一起，對妳比較好。』
最後你這麼說，只這麼說。

第八章

◆之一 宋愛聖

也忘了是喝到第幾杯酒的時候，老闆突然說有個東西欠了我好久一直忘記還。

「不會又是畢業紀念冊吧？」

『什麼畢業紀念冊？』

笑了笑，我沒多解釋；笑裡帶點苦澀，並不是因爲我的幽默一直很寂寞，而是因爲過往。

老闆倒了杯咖啡給我，然後把我留在吧台他獨自走進辦公室，一杯咖啡的時間過去，老闆拿出一支錄影帶，錄影帶從吧台的那端滑到我手邊的這端：

「這什麼？」

『你忘啦？立揚的ＭＶ，那時候你說跟廣告公司要的，我聽了就要你借我看。』

「你記錯了，是我的廣告公司跟唱片公司調的帶子，你聽了就跟我借去拷貝。」

『哎！隨便啦，人生又不是每一分每一秒都得記得清清楚楚的。』

人生又不是每一分每一秒都得記得清清楚楚的。老闆說。但確實我就是把生命中的每一分每一秒都記得清清楚楚的。

當初是以要找立揚拍廣告的名義向他的唱片公司調來這支帶子；爲立揚量身打造的廣告，三贏的企劃案。無論是對立揚那方面、我們公司自己，以及出錢的廠商而言，都是再完美不過的廣告企劃案，那是那年度我們公司最大筆的案子，那是那年立揚人氣最如日中天的尖峰，三贏的企劃案我們三方面都樂見其成樂觀以待，無論是我們、廠商，或者把立揚當成搖錢樹的唱片公司；結果立揚卻透過經紀人冷淡的回絕，指名要立揚代言的廠商氣得跳腳，期望極大的唱片公司無奈以對，而親自出馬爲立揚量身打造這廣告企劃的我則受傷很深。

「讓我和立揚本人見個面談一談，我有把握可以說服他。」

『你不認識立揚所以不了解他啦，本來就是我行我素慣了的人啦，現在又紅成這樣……連唱片公司老闆的話立揚都不見得——』

「我就是認識立揚才會提這企劃案好嗎？我是立揚的老朋友，你有告訴立揚我的名字嗎？」

『什麼樣的老朋友？你認識他、他卻不記得你的老朋友？你知道、人一紅就會發生這種事，大家都是吃同行飯的、就別再裝了。』

「誰跟你吃同行飯了？」

誰跟你這狗屎同行了？我本來想說的是這句。

『原理是一樣的，只是你包裝的是商品，我包裝的是人而已。』

「我最後再告訴你一次，我和立揚是比你想像中還要熟的老朋友。」

『那就好笑了，我有把你的名片親手交給立揚呀，但他——』

然後我就掛了這個令人厭煩透頂的經紀人電話，在掛上電話的那一瞬間，我發現我原來眞的恨立揚。

這世界上有一種人，總是會傷害到別人，雖然他們並不是故意的。

我想起電影小說《烈火情人》裡有過這麼一句話。

我放棄了立揚會見我的可能，但我沒放棄繼續這企劃案、這當初爲立揚量身打造的企劃案、這當了老闆之後我第一個親手操刀包辦的廣告企劃案，我寄予厚望的企劃案，我不允許它被放棄。

我說服了廠商繼續，而繼續的代價是我們各退一步，廠商把預算大砍一半，我們退而求其次從模特兒公司裡挑了新人代替立揚，結果廣告的效果正如我的預期：廣告引發話題、話題帶來商機，投資報酬率遠遠超過我們投入的人力金錢；商品熱賣，廠商賺進大錢、開始每年砸下大筆廣告預算在我們公司，而頂替立揚的那個男模則因此知名度大開、星途看好，或者應該說是起碼看好過那麼一陣子。

依舊是三贏的局面，我的眼光從來就準確。

『反正也還沒到營業時間，要不要再看一次這帶子，一起？』

老闆的聲音把我的思緒拉回現實。

「現在？你還有錄影機哦？」

『有呀，雖然很久沒用了，在辦公室，跟我來。』

「那正好，我才打算接著去個咖啡館向個老闆娘借錄影機咧，剛好省得再跑一趟。」

『你們這些年輕人哦！舊的東西應該是要保存而不是淘汰。』

「我不年輕了，老頭。」

『哎！隨便啦，反正在我眼中你們始終是當年的那些小毛頭啦。』

當年的那些小毛頭，立揚最初成名的音樂錄影帶，在老闆小小的辦公室裡，我們一起看著立揚當初踏出顛峰的起點。

『有些人生來就是註定要當明星的料。』

「嗯？」

『你看看立揚的臉在鏡頭前……怎麼說？』

「魅力？」

『大概是那類的意思。』

「我倒是覺得他本人比較有魅力。」

『爲什麼？』

「立揚在鏡頭前太Over了。」

『什麼意思？Over？』

「意思是，那些看似不經意的細微動作，你只要仔細觀察的話就會發現，在那些細微的背後，是因爲立揚知道那樣擺放自己會更吸引人。」

於是老闆又倒帶重看一遍，然後他點頭。

「就好比這個：你看立揚只是面無表情的讓鏡頭拍他，但從眼神裡你仔細看——」

『恰到好處的放電？』

「嗯，但本人的立揚並不會這樣，他只是自然的呈現自己，我反而覺得那樣的立揚比較有吸引力。」

『因爲不刻意？』

「或許吧，但話說回來，在鏡頭前本來那樣反而恰到好處，就像你剛剛說的，有些人天生下來就是要吃這行飯的。」

『佩服！果然是閱人無數的大老闆呀！你這小子。』

「不，我只是真的認識他很久了而已。」

我只是真的認識立揚很久了而已。

然而在此時看著電視上的立揚，卻突然覺得記憶裡的他，變得好模糊了。

□

還是我認識時的立揚——

那年年節結束之後，回到台北我一放下行李就立刻去找妳，結果妳並不在房子裡，房子裡只有立揚一個人正練習著他新買來的樂器。

「這幹嘛？」

『這是未來的音樂才子在練習作詞作曲。』

「跟你打包票，你起碼前三張唱片會被做成偶像歌手。」

『你何不再來一句：如果你會有第二張的話。』

「哈哈。」

停下了練習的動作，立揚又說：

『她不在啦。』

「去哪？」

『去幫小胖子買減肥狗食。』

「眞的假的？」

『我亂扯的啦，你白痴哦。』

嘖。

本來我是想立刻拿起手機撥打妳的門號問妳人在哪裡我好不好立刻過去的，但想想這樣好像很不夠意思的樣子，於是我只好隨口問道立揚晚餐吃了沒？然後不管他回答什麼我都說那我先走了不打擾你了。

結果沒想到立揚認眞的回答還沒，接著我就被拖進廚房裡和他一起做晚餐。媽的！早知道就別客氣的直接表明來意然後閃人了。

「你幹嘛這麼愛做菜？」

『習慣了。』

「倒是，你除夕那天是怎麼回事？」

『我不是幫你把人帶到了。』

「但也沒必要偷偷跑走吧？」

『我那天突然有事。』

「什麼事？女人？」

『沒你的事，反正你欠我一次啦。』

「那還眞是謝你囉。」

『不客氣，到時候我專輯發了，你要去買個百來張。』

「喂！」

立揚笑著把菜上盤。

三菜一肉一湯，我下意識的要把晚餐端到餐桌上去，但結果立揚卻說就這樣站在廚房吃感覺不更有一番風味？於是我們倆就這麼站在廚房裡吃起晚餐來。

「不過、我沒想到你眞的會和唱片公司簽約。」

『怎麼說？你不看好我？』

「沒，但我以爲你只是把唱歌當玩票性的賺學費而已。」

『一開始確實是，本來我還沒把握可以上台唱歌咧。』

「那？」

『本來那天我只是看到那PUB徵歌手的海報，突然想到小時候我爸每個月會帶我們去一次民歌西餐廳聽歌吃牛排，所以就姑且一試。』

「還眞是媽的姑且一試咧。」

『姑且一試，成功不都這樣開始的？』

「就像你那時候被挑進棒球隊那樣？」

『別再提我打棒球的事了可以嗎？』

立揚突然嚴肅了口氣並且臭了臉：

『都已經過去那麼久的事了，有什麼好提的！』

那何必執意把畢業紀念冊還給我？甚至還由妳來轉交？

氣氛有點僵，我們沉默著把菜吃空，髒碗盤丟進水槽裡時，立揚才打破了沉默，打破沉默的立揚這次口氣好得多了：

『不是常有這樣的新聞嗎？』

「什麼？」

『某某藝人紅了出名了，結果一缸子的親戚跑來出面相認沾光。』
「這就是你希望的結果？你爸看到兒子出現在電視上紅了，然後跑來認你分杯羹？」
『有一點。』
「有一點？」
『但總之大部分原因是，反正我也不知道以後要幹嘛。』
「哦。」
『你咧？』
「繼續唸研究所吧，看今年畢業能不能順利考上別又浪費一年。」
『眞不愧是讀書人，研究所咧。』
「呵。」
『然後咧？』
「還沒想清楚，不過，」清了清喉嚨，我有點不確定該不該把這想法告訴立揚，但結果我還是說了，我不知道爲什麼我就是想說：「不過，我在想要什麼時候跟她求婚，如果還要唸研究所的話我怕——」
立揚抱著肚子大笑，打斷了我的話。
「你幹嘛？」
『求婚？你以爲現在是小時候在玩扮家家酒呀？』

「我是認眞的。」
『你們才幾歲啊？』
「結婚這件事情跟年紀是沒有關係的。」
『天哪。』
「怎麼？你不看好？」
『對。』
「……」
『我跟你打包票，她的反應會是和我一樣。』
「你憑什麼這麼有把握？」
『因爲我了解她。』
「那是因爲你沒看到在我家時，她把我那兩歲大的小表弟抱在腿上玩的快樂表情。」
溫柔表情，我本來想更正的，但結果立揚卻搶先說道：
『那你該看看以前隔壁的小孩子在半夜亂哭尖叫時，她下樓來要我一起去放火燒了那家人的神情。』
沉默了一會，我說：
「人是會變的，立揚。」

『那你怎麼始終沒把她改變成不喝酒？』

「你爲什麼那麼介意她喝酒？」

『因爲我沒忘記我媽和我哥是被什麼樣的人害死的。』

「天哪立揚！那已經過去好久了！十年了有嗎？」

『對我而言還沒有過去。』

「立揚！」

『你知道在花蓮的時候我爸是什麼樣子嗎？』

「……」

『酒鬼。』

當立揚口中說出酒鬼這兩個字的時候，我以爲他會哭，但是結果他並沒有。

在那個時候我以爲立揚只是好勝只是倔強，又或者是他幾年前在花蓮海邊告訴我的：創傷症候群；然而許久之後我才終於想明白，那是因爲在立揚的認定裡，那還沒有過去，立揚的爸爸之於他、還沒有過去。

而眼淚，是立揚判定過去與否的依據。

◆之二
李小潔

退房。

你載著我和行李來到這山區的你的房子，遠遠看去還真有點像當年我們共同居住的大房子，但靠近一看就百分百的知道這兩者間是完全性的毫無相似之處。

這房子新多了，也大多了。

「你一個人住這麼大的地方？」

『這樣才不會吵到別人，以前我在台北的那公寓，差點把鄰居給吵死了。』

你笑說。

下車，開門。

門的中央是傢俱簡單的客廳，只有一組大沙發和看來不怎麼被使用了的電視，除此之外，就再也沒有任何的擺飾了；客廳左方有個吧台，簡直是專業級的大吧台，吧台之後應該是廚房吧我想，在客廳的右方是佔了這層樓絕大部分面積的工作室，工作室裡擺滿了各式的樂器、電腦、樂譜以及琳瑯滿目的鼓（難怪你之前的鄰居會受不了），以及垃圾筒裡塞滿的便當盒，便當盒一看就是便利店買來、最短時間就能微波進食的那種

（這點你怎麼變了？）；接著我才知道你淡出幕前之後退居到了幕後，生活的重心變成了詞曲創作，偶爾也替公司培訓新人。

「是當起經紀人的意思嗎？」

『不，只是單純的教新人唱歌還有經驗傳承。』

你接著又說：

『我討厭經紀人的工作，糟蹋人的吸血鬼。』

忍不住我回憶起那幾年，那你紅透了的那幾年。

當時我們已經離開彼此，你過著極忙碌的鎂光燈生活，而我則旅居各地，斷了線，我們三個人，斷了線。

在斷線之前，你以偶像歌手的姿態出道，第一張唱片開始引起注意，而當時我們還住在一起，這件事情惹來你的經紀人相當不滿意、當他知道我們的關係其實並不是如你所聲稱的姐弟之後。

第二張唱片你開始嚐到走紅的滋味，但比起你之後紅透的程度、還只是小巫見大巫。第三張唱片你開始紅透，然而就在這張唱片發行之前，我們斷了線。

斷線。

斷線之後的那幾年間，每當住進各地的旅館時，我首先做的第一件事總會是找到網路連線上台灣的網站，為的是搜尋你的近況。

由無形的網路搜尋到的媒體報導：

你紅得透透，緋聞不斷、眞眞假假，負面消息不斷、你開始和經紀人互不對盤，媒體認爲這是你恃寵而驕耍起大牌，但在我看來卻覺得這只是你開始厭倦扮演他們眼中的立揚。

直到第九張唱片時，你無預警的不配合宣傳、不公開露面，種種的揣測佔據了媒體的絕大版面，唱片公司否認這是你的告別之作，然而越是極力否認、銷售量卻越是驚人，媒體開始質疑這是你反宣傳的花招，強烈的質疑隨著你始終不公開解釋而終究不了了之，無疾而終。

你從此消失幕前，沒有告別宣言，也不做任何解釋。

直到那個時候，我才覺得原來鎂光燈前的那個立揚，眞還是我記憶中的那個你，而不只是同名同姓同樣外表的不同兩人。

「爲什麼要這樣冒險？」

『我只是想要賭一賭。』

你說那是你第一次全程參與創作，你說你自己也沒有把握它還能不能像以前那樣受到歡迎，而你、太好強，你輸不起，你於是決定在結果出現之前先行退出。

那是你和唱片公司的最後一張合約，你以堅持完全採用自己創作的歌曲爲交換再續約的條件，然後在唱片發行之際、續約簽定之前，你消失。

唱片公司冒了險上了當卻也同時唱片大賣，雖然你們兩者之間誰都沒有把握這是因爲媒體所謂的反宣傳、又或者是因爲你的創作眞的受到肯定，但無所謂，你們的目的都達成。

之後你再次冒險再次交換條件，於是唱片公司同意你退居幕後詞曲創作，你接著順理成章的甩掉你討厭透了的經紀人；唱片公司打的算盤是只要把你留下，他們認爲總有一天你會眷戀然後再復出、接著勢必引起話題，而你打的算盤則是他們的如意算盤永遠不會實現。

這在媒體前沒說的解釋，你前後經過說得再清楚不過，可我卻有個地方聽得很不明白：

「但爲什麼你要用你哥哥的名字發表創作？」

你沉默，有點久的沉默之後，你才淡淡的說道：

『不知道爲什麼，但我就是想這麼做。』

才想說些什麼的時候，結果你卻把我的話給打斷，沒頭沒腦的、你說道：

『我一直以爲自己贏了，直到有一天看著鏡子，才知道自己輸了；在我最美好的時候，我最愛的人都不在我身邊。』

「嗯？」

『王家衛的電影，好像是《東邪西毒》吧！裡頭有這麼一段話，當我看到那一幕的時候，沒道理的眼睛溼了。』

淚溼了雙眼，此時此刻的我。
可是立揚、你知道嗎？那是我人生中最美好的時刻，因爲有你們在我的身邊。你們。

□

當我們還沒斷線之前——
後來你停止了PUB的所有駐唱而專注於灌製唱片、到唱片公司上課、拍宣傳照、MV……
我們都沒有說出口，但我們都心知肚明的是，你的世界距離我們越來越遙遠。
儘管如此，我們還是期待著你的首張專輯發行，起碼看來比本人的你還要期待的樣子；你的首張專輯、每當我問及時你總是含糊帶過，我不知道爲什麼，爲什麼對你而言越是重要的事情，你越是對我絕口不提。
反倒是他說的比你還多。
『整件事情就是一個可笑。』
他轉述你對他說的話。
你討厭唱片公司排給你的愚蠢芭樂歌，你厭惡公司把你塑造成漂亮的白痴，而你最受不了的一點是：在鏡頭前該說的話該用的笑該有的進退應對，唱片公司都周到的幫你設定好了。

『哪天他們規定我一分鐘得心跳幾下，我想我也不會覺得奇怪。』

『沒辦法，新人嘛，先相信專業總是沒錯的。』

而這是他給你的鼓勵，或者說是安撫。

「奇怪，爲什麼立揚只告訴你卻不告訴我？」

『妳知道他的個性就是這樣嘛。』

「哪樣？」

『自己沒有完全滿意的事情就不會告訴妳。』

「想太多，我又不會笑他。」

笑了笑，他繼續轉述你的牢騷：

『以前打棒球的時候，教練只有一個指令，那就是要贏球，把對方三振。』

而發唱片，除了把唱片賣好之外，經紀人幾乎什麼指令都下了。

『所以妳知道嗎？妳就變成他的姐姐了。』

「什麼？」

『要不唱片公司準要他搬走。』

「爲什麼？」

『想也知道，偶像歌手怎麼可以跟女人同居。』

「拜託哦，我們又沒怎樣。」

『先習慣這點吧，往後立揚的世界只會越來越複雜而已。』

「整件事情就是一個可笑。」

學著你的話，我也說。

雖然你停止了所有的駐唱，不過我們每個星期的星期一，三個人總還在這PUB見面。

但那次的聚會多了一個人，一個看似你女朋友的人，起碼表現出來的姿態是你的女朋友的人。

該死的瘦排骨精一個。

排骨精高挑纖細，長髮披肩並且妝上很濃，整個人明顯走的是冷豔路線、尤其是她胸前的可憐；排骨精擺在鏡頭前看來會是標準的模特兒外貌，然而在鏡頭之外看來卻十分恐怖（我承認這是我的偏見），不知道是不是穿得很少的關係，在寒流來襲的那天，排骨精從頭到尾像隻無尾熊般地黏在你的身邊，低胸的衣服露出胸前的平坦。

『這位是？』

排骨精開口說了一個優雅的法文名字，排骨精的聲音聽來就是菸酒過度的那種沙啞，不過幸運的是沙啞之中帶著一絲的甜，聽來就像是沾了蜜的沙。

「妳是演員嗎？」

這是我開口對她說的第一句話，然後我和你的四目相交，不到一秒鐘的時間，你把視線轉開，移向排骨精；而我只是在想，在那一秒鐘不到的時間裡，你是不是和我一樣、想起了幾天之前的對話：

——那我看你也該去談個戀愛了。

——如果你曉得怎麼愛人的話！

直到那個時候，我還是懷疑你曉不曉得如何愛人？但可以確定的是、你很拿手被愛。

在你們三人的閒談間我才知道原來排骨精還不是演員卻是個模特兒，你們相識於MV的拍攝，拍攝期間照著腳本在鏡頭前表演出情歌的美好畫面，拍攝結束你們去到排骨精的住處繼續鏡頭前會被剪掉的尺度。

「你的品味眞糟糕。」

在排骨精離席去廁所的時候，我如此說道。

『隨妳怎麼說。』

你無所謂的笑著說，然後我喝乾了玻璃杯裡的飲料，你看著我皺了眉頭，皺著眉頭你說道：

「妳喝得這麼快、等下又醉了。」

然後我和他同時笑了：

『那是可樂啦。』

他說。

你眼底寫滿驚訝，在你驚訝的眼神裡，我說：

「我正努力著把酒完全戒掉呀，弟弟。」

你想說些什麼的時候，排骨精回到了座位，才一坐定、馬上又恢復成無尾熊姿態黏在你的身邊，身上還帶著濃厚的菸味：

『妳是去抽了幾根菸？』

『兩根，剛剛憋太久了。』

「妳可以在這裡抽沒關係。」

『立揚說妳的肝已經被酒精糟蹋了，他不准我再糟蹋妳的肺。』

我望住你，你則把臉別開，接著你起身，拎著排骨精說想回家了。回家。

那天我們都沒有回到那個房子，在不同的床上，我們做著相同的事情。

整一個星期，我們都不見你的人影，直到隔週的星期一，我們才又見面，我們三個人。

你看起來好像很累的樣子，他開著玩笑要你別縱慾過度了，結果你無所謂的笑著說想太多、你們結束了。

『爲什麼？』

「爲什麼？」

我和愛聖異口同聲。

『受不了她卸妝後的模樣嗎？』

『她不化妝還比較好看。』

你又說：

『本來就是各取所需的關係而已，再說我的專輯要發了，正好做個了斷。』

「什麼時候？」

『明天，我的第一次簽唱會。』

三個杯子，我們舉杯乾杯。

當時的我們，笑得都那樣開心。

簽唱會——

他因爲趕著畢業專題的關係而無法來，我於是約了翊緋帶了小胖子提早到來捧你的場。現場沒有幾個歌迷，你還是個剛出道的新人，於是我們拿到了你的第一張簽名唱片，我成了你的首位歌迷，而至於翊緋則是現場買光了你的唱片、當作是抵消這些年來的房租。

『瘋了嗎妳們？』

一邊簽著我遞給你的唱片，你一邊低聲笑說。

「弟弟出了唱片，姐姐當然要是第一個頭號歌迷囉。」

妳才不是我姐姐咧

接著你在唱片的封面寫下這幾個字，我們同時笑了，在笑容裡，擠在我身邊的翊緋玩笑道：

『嘿！看在我買了這麼多唱片的面子上，應該有資格要求和你舌吻吧？』

我們都笑了，當時的我們，笑得都那樣開心。

後來你的那張大海報被翊緋要走，而唱片則是發送給她的朋友們，至於那張寫有「妳才不是我姐姐咧」的唱片，則連同對你的回憶、打包收進我的時光盒子裡。

第九章

◆之一　宋愛聖

『如果有立揚的消息還要再告訴你嗎？』

離開PUB的時候，老闆問我。

「你昨天有告訴立揚我還在找他嗎？」

『有。』

「然後？」

老闆聳聳肩，沒說什麼。

「那就不用了。」

結果我這麼說，然後離開。

拿著錄影帶我回到公司，沒進辦公室直接的就往檔案室走去，雖然如今已經沒有必要了，但我還是想把這錄影帶歸檔就定位，不知道爲什麼我就是想要這麼做。

推開檔案室的門，結果我看到那個跟了我最多年的賴子正在檔案櫃前忙碌著。

「喲。」

『喲，老大。』

「你在這裡幹嘛？」

『假裝找資料然後混水摸魚等下班。』

「你明天不用來了。」

『那後天咧？』

「後天別遲到。」

然後賴子覺得很幽默似的哈哈大笑，果眞是跟了我好幾年的小王八蛋，再冷的笑話都能怡然自得的捧場大笑。

『你手上那什麼帶子？』

「我自拍的裸體MTV，你要看嗎？」

『我最近哪裡得罪你嗎老大？』

然後我笑，這好像是這陣子以來我第一次開心的笑。

『你最近怎麼啦老大？好像什麼事煩的樣子。』

「我這陣子來月經。」

『很難笑。』

看了看手中的錄影帶，我突然想問問賴子：

「你這輩子有恨過誰嗎？」

『有被氣到想殺人，不過氣頭過了就算了，繼續和對方當朋友、時機恰當的時候陰對方一把然後再放馬後炮。這樣算恨嗎？』

「不算，算狠。」

乾笑兩聲之後，賴子問：「幹嘛突然問？』

「突然想到我曾經恨過一個人。」

『我嗎？』

「你算哪根蔥？」

『嘖。』

「很久以前的事了，到後來我只記得我恨他，倒忘了爲什麼我恨他。」

『然後？』

「然後今天我又想起來爲什麼了。」

『嗯。』

把錄影帶歸定位回檔案櫃的同時，我說：

「你如果明天還想來上班的話，最好是現在就滾回去工作。」

『我以爲你接著要告訴我、你爲什麼恨那個人咧。』

「你以爲我看不出來你只是想混水摸魚等下班嗎？」

『哈哈！』

賴子笑著離開，離開前還不忘叮嚀著：

『把氣出完做個了結，恨就會消失了，心底放著恨對身體好像不太健康的樣子。』

「我知道。」

這就是我恨立揚的原因，他不讓我找到他，他要我恨他。

賴子離開之後，我獨自一人在檔案室裡發了好久的呆，這才發現自從當了老闆之後，我好像就不怎麼踏入這個地方了，不，更正確一點的說法是，自從爲立揚親手操刀的企劃案之後，我就不再親身參與任何的企劃而只是決策了，於是也逐漸的失去了來到這裡找資料的必要。

我想那大概是因爲人到了某個年紀，想像力就會用完了吧。我最近覺得自己老了好多。

呆呆的看著檔案櫃，我看著一張又一張創作過的CF，我看著它們出現在我眼前、提醒我的記憶，看著那些我曾經視爲小孩的作品，如今卻彷彿老朋友般地靜默存在於檔案室裡；在檔案室裡，這些既是小孩亦是老友的作品前，第一次，我仔細的回想著踏上這條路的前後經過。

回憶整理。

我們是怎麼一路走來走成了現在的樣子？

□

我的年少——

那是我第一次見到妳的姑姑，那是我們兩人之間的關係跨出第一大步的伏筆，甚至可以說是將我們的未來連結在一起的最重要一步，當然這是往後回想我才發現這點的。

那是許多日子裡的某一天，而當時我們誰也不知道那天對我們而言有多麼的重要，因爲妳的姑姑。

妳的姑姑。

在相距將近十年之後，我們再見面，我提議接機之後把見面的地點約在無名咖啡館、那對我而言有著某種程度上意義的地方、那我隔了七年之後首次再見到妳的地方；而妳沒有任何的意見，我想那大概是因爲無名咖啡館對妳而言並不代表任何意義、純粹只是一家咖啡館，如此而已。

所以我才有點奇怪爲什麼立揚知道了這件事情之後會過分熱情的答應無論如何也要來到，因爲當時立揚的第一張唱片反應遠比預期的要好得太多、更多，並且立揚也越來越忙碌了。

本來我以爲立揚是期待著想要見到妳的姑姑，但往後回想我才知道其實並不完全是因爲這樣。說好無論如何也要來的立揚，在當天還是因爲推不掉的通告而不得不失約，對於立揚的失約妳顯得既憤怒又失望，但沒有辦法，誰都沒有辦法，連立揚自己也沒有辦法。

這畢竟是立揚自己的選擇。

於是最後只得由我開著立揚的老爺車陪妳到機場去接妳的姑姑，在開車前往機場的路上，妳餘怒未消的抱怨著：

『每次都這樣！說好了又失約！』

「沒辦法，立揚畢竟還是新人。」

『惹人厭！』

「要習慣囉，以後立揚會越來越忙的。」

『為什麼老是要別人習慣他！自私鬼！』

妳不也是？

『本來還期待得要命，以為我們四個人又可以再見面！』

「我們四個人幾時見過面了？」

『那年在我們舊家呀！你和立揚迷路了被姑姑帶回我家的那次呀。』

嘆了口氣，我說：

「妳又記錯了，那是立強，不是立揚。」

『喔。』

妳心不在焉的回答，因為機場到了。

妳的姑姑。

終於再見到妳的姑姑，在將近十年的時間過去之後。

妳的姑姑剪了一頭櫻桃小丸子的造型頭，整個人比我模糊的記憶中還要圓潤許多，講起話來輕聲細語的溫柔依舊，但從她身上已經感覺不出來曾經是個音樂老師的氣息，倒像是個十足的商場女強人，雖然她講起話來輕聲細語的溫柔依舊，雖然她剪了一頭櫻桃小丸子的造型頭。

我喜歡她的聲音她的腔調，帶著洋味兒的北京腔，那是我們家族裡欠缺的腔調。

我注意到久別的妳們並沒有洋派的擁抱，僅是挽著手臂共同走出機場，說出來連我自己也覺得可笑吧，但確實在那個當下我才眞正釋懷，釋懷妳始終不肯讓我擁抱的這件事情。

無名咖啡館——

在咖啡館裡妳的姑姑一邊抽著細長的薄荷香菸，一邊熱切的詢問起關於我的這個人，我一面應對著一邊竊喜著——好像是在檢視女婿。已經不當老師好幾年的妳的姑姑，問話的方式仍有莊嚴女教師的餘韻，而聊起自己的方式則像是在講課那般，教我下意識的想捉支筆來做筆記。

反正還好，還好我本來就很有老師緣。

『那你今年畢業後有什麼打算沒有？』

「我在準備研究所的考試，如果沒會錯意教授關愛的眼神的話，我想今年直升我們學校的研究所應該是沒問題的吧。」

『他很會念書兼拍教授馬屁哦姑姑。』

妳又補了這麼一句，然而妳姑姑的注意力卻像是被研究所這三個字給吸引去了那般，繼續又問道：

『那你有考慮要申請國外的研究所嗎？』

我們同時一楞，然後妳極不自然的把話題轉開：

「姑姑，他是我們的鄰居耶，你們還見過面的。」

妳為什麼不讓這個話題繼續？

雖然在心底疑惑著，但我還是配合著妳提起那次的古井之旅，妳的姑姑聽得似懂非懂，記憶力顯然跟不上我們描述，當下我開始懷疑記憶力很差會不會是你們的家族遺傳？

最後還是多虧了立強的幫忙，當我提及那個哭得震天響的小男孩時，她臉上的表情才終於像是甦醒過來了那樣，笑開了的問道：

『你就是那個哭得鼻涕都流出來的小男孩？』

果真是家族遺傳，這老是把人記錯的個性。

「不是啦，我是進廚房幫妳端果汁的那個。」

『喔。』

『而且姑姑妳知道嗎？那個哭得鼻涕都流出來了的小男孩呀，他現在變成了偶像歌星了喲。』

『哦？』

才想糾正妳又記錯人了的時候，妳們姑姪倆卻開始雀躍的聊起立揚，不，或者應該說是，妳始終記錯人的立強。

『我想起來了！那天你們回去之後，這丫頭還追問我爲什麼不能到圍牆外呢。』

『姑姑！』

『別害羞嘛！反正你們後來還是遇到了呀。』

『我只是問爲什麼不能去圍牆外而已又沒說我想去！』

『哎呀～～』

妳們姑姪倆鬥嘴著，而我的心卻直往下沉——

那是立強！不是立揚！

我在心裡如此吶喊著。

我不知道爲什麼我那麼介意這件事情，直到事過境遷直到多年以後，我還是想不透。

那是立強！不是立揚。

整個晚上我都在腦海裡推敲著那些畫面，當妳們睡去之後，我獨自坐在客廳的沙發上，儘量看著電視讓自己的姿態看來是在爲立揚等門，但實際上螢幕裡的畫面我是一丁點也看不進去，因爲我滿腦子裡都在推敲著自己的想像畫面。

我想像著那天下午我自告奮勇的走進廚房幫忙妳姑姑時，妳和立強單獨在客廳裡是不是說了什麼？仔細回想我才發現當時在廚房裡好像隱約感覺到琴聲斷了、取而代之的是細微的交談聲；是妳先開口還是立強？不、不可能是立強！立強一向就是對女生視而不見到幾乎冷感的程度，那麼會是妳嗎？眞難想像，整個下午都保持著高姿態獨自練琴的妳居然會主動開口對立強說話，妳爲什麼會想要對立強說話卻對我視而不見？是因爲妳姑姑在場的關係嗎？還是因爲立強吸引了妳？那天下午妳眞的主動開口對立強說話了嗎？你們說了什麼？妳有沒有對立強露出微笑？立強後來爲什麼都沒有告訴我他的這段回憶？

天哪！我瘋了嗎我？居然開始吃起立強的醋來，爲這陳年往事，爲這只存在於我腦海裡的想像畫面。

我眞的瘋了我，因爲我繼續想像著。

我繼續想像著當妳的姑姑帶我們走到紅色圍牆之後，妳或許雙頰泛著紅暈追問她關於圍牆外的世界，是圍牆外的世界引發妳的好奇、還是立強？我想像著當時妳的姑姑或許促狹著妳小女孩情竇初開之類的玩笑，而妳的反應會是彆扭的跑回房間或者若無其事的否認？妳會不會偶爾望著紅色圍牆的方向想像著圍牆外立強的身影？妳是不是把立強的臉孔仔細的記在心底？所以多年後當妳又遇到立揚時、才會說不出爲什麼的撤下防線讓他住下？妳有說過爲什麼當初讓立揚住下嗎？那麼立揚呢？

當我們那天共同翻閱著畢業紀念冊時，當妳看到畢業紀念冊上立強的照片時——

OK！Stop！

吃飽了撐著嗎我？就這麼胡思亂想著居然也想掉了一整夜，而立揚還沒有回來，看了看時間已經清晨五點過一會了，本來打算回家睡覺的可是想想又嫌懶，才念頭一轉想借那個掛名房客翊緋的房間補個眠時，妳的姑姑卻從樓梯探出頭來：

『還沒睡？』

「欸，妳這麼早起？」

『我已經好幾年沒醒在台灣的清晨了。』笑了笑，她又說：『餓了嗎？要不要陪我吃點東西？』

「好啊。」

餐桌上，兩杯咖啡，兩個人，還有昨天買回來的麵包。

『所以、你就是房客？』

「不不不，住這裡的人是立揚，我是立揚的童年玩伴，來了台北之後我們才又重新聯絡上的。」

『立揚是誰？』

「出了唱片當偶像歌手的那個。」

『喔……就是當年哭得震天響鼻涕還流出來的那個小男孩那是立強不是立揚。算了，我放棄。』

『對了，我一直有個想法。』

「洗耳恭聽。」

『今天你說研究所時我突然想到的，你要不要考慮來美國留學？時間還夠、我可以先幫你申請學校。』

「嗯？」

『如果你們家的經濟不允許的話我可以先借你錢沒關係。』

「不……我是說、為什麼？」

『這樣不挺好？你來美國唸研究所，反正有我可以就近照顧、這樣你的家人也放心，更或許你可以就住在我家，這樣一來花費也要不了多少。』

「重點是？」

她笑了笑，很滿意的那種笑：

『重點是我希望你能帶我們家小潔一起來，起碼讓她把大學唸完吧？一直這樣耗在這房子裡啥事也不幹的也不是辦法。』

「……」

『兩全其美呀對你們雙方面而言，感情不是光愛就夠了，成熟一點的做法是可以互相扶持一起成長，就像我哥哥——』

突然的、她有點哽咽，不打擾她、我等她慢慢把情緒恢復之後，她才又繼續說道：

『我一直說服小潔好幾年都不肯來美國陪我，本來推說是要留在台灣把她媽媽的事情做個了結，沒辦法我勸不了她也只好等，結果那案子已經結了不是？我就更不懂了還有什麼理由她非得留在台灣不可。』

「我想我懂妳的意思。」

『我喜歡你這個人，我覺得你很值得放心。』

——她和你在一起比較好。

我想起立揚曾經說過的這句話。

『小潔有告訴過你她爸爸的事嗎？』

我搖頭。

『可能她自己也不清楚吧，我不知道嫂嫂有沒有告訴過她。』

接著她說起妳的爸爸、她的哥哥，她說起他在國外留學時的最後那天，留學時家裡買了一輛車給他們小夫妻倆共同使用，也不確定最後是誰開的車、或許是共同開的車也不一定，但總之油表亮過燈好多次卻再度的懶得加油就這麼又開回公寓，而隔天她的哥哥有課而她的嫂嫂還在睡，再之後的畫面僅是肇事者的說法、保險公司以及警方的推斷，還有、她嫂嫂的想像畫面：

當車從公寓的那條小路開上車流最快速的大街時，他突然覺得車子有點不太對勁，於是低頭察看儀表板，才發現到油已經耗盡正懊惱著昨天忘記加油時，然後一台車由側面方向快速駛來，對方猛按喇叭示意他把車開走，但車子卻是動也不動的呆在那裡，最後他的頭再也沒抬起來過。

『搞不好他生前最後一個念頭是：早知道昨天該別偷懶先加油的。』

她嫂嫂有次這麼玩笑道，然後淚流。

『嫂嫂一直就很自責吧！那幾年每次來美國找我時，總還會開車到那個路口走一趟，是想感受什麼嗎？我也想不透。所以當他們推斷嫂嫂是飲酒服藥在浴缸裡自殺時，我一點也不會覺得奇怪，她的忍耐已經到了極限了，怎麼會看不出來呢？小潔爲什麼就是不肯接受這點呢？我不懂。』

像是嘴巴被打開那樣，她一口氣吐出了一連串的話來，當自己意識到這點時、她有點難爲情的笑笑，然後把杯裡的咖啡喝乾，才說：

『不知道爲什麼就對你說起這些了。』

「沒關係。」

『你的臉……』

「嗯？」

『你的臉有一種想讓人把平時說不出口的心事對你傾訴的魅力。』

「……」

『有人告訴過你這件事嗎？』

「沒有，他們都直接傾訴。」

結果我這麼回答她。

你們不都這麼對我嗎？把那些說也說不出口的、埋藏在心裡最深最底處的事情訴諸於我，不論是妳、又或者立場，都是。

而我只是在想，一直就被當作是心事收留者的我，我心裡的事又該向誰說去？

收留著你們心事的我，逐漸的被磨損，磨損，磨損。

終於沉重的把耳朵關上為止。

◆之二

李小潔

說不上來的感覺，像是一團白霧那般，隱隱浮現在我的眼前，從花蓮海邊回來之後、當你站在旅館房間門口同我道別、口吻輕鬆可眼神卻堅決的道別時，那說不出的感覺、那白霧，開始隱隱浮現在我的心底。

接著隔天你又出現，你再來找我，你帶我重新回到PUB，在PUB當我追問起爲何你不再唱歌時，你突兀地提起貓在屋頂上這故事時，我彷彿就要看清那白霧——但那首歌打斷了我的思緒，打斷了你的欲言、於是你又止。

最後我們做愛，在旅館裡、在你家裡，在強烈的感官刺激裡，我以爲白霧已然散去，但其實白霧始終存在，僅是暫時被幸福的歡愉所掩蓋。

而現在，當你說想去那無名咖啡館時，當我們前往無名咖啡館的路上時，那白霧、那說不上的感覺，我重新又看見。

我不知道當白霧退去之後出現的會是什麼，我只知道此時此刻的你彷彿被那白霧所困住。

在駕駛座上你話興很好的說著笑著，任何無關痛癢的話題你都笑得如此開心、過分開心，你並且思緒跳躍，你說的話一直不著邊際又欠缺邏輯，常常這個話題說到了一半接著卻又突兀的轉到了下個話題去，有時候還會重複不久之前才說過的話；看著這樣的你，我重新看見那團白霧。

我不知道那困住你的白霧是什麼，但我感覺得到你緊張。

你害怕。

在將車停妥的同時，我握住你放在排檔上的手，我們交流以無言，然後我聽見你鬆了一口大氣，然後淡淡的笑說：

『我好久沒來這裡了。』

「你來過這咖啡館？」

『嗯，第一次來台北的時候，這是我唯一知道的地址。』

你說。

手剎車拉起，熄火，我們下車，走進這小小的巷弄裡，你經過了無名咖啡館的大門，才想提醒你時、你卻拉著我的手示意我繼續往前走，最後拐了個彎，你帶我走到這無名咖啡館的後院，而同時映入我們眼簾的是、那台你的老爺車。

「怎麼？」

『這是我爸留給我的車，妳記得嗎？』

點頭，我記得。

『所以我把車還給他，當我知道我已經不再需要它的時候。』

「你爸？」

『我來這裡找過他，也忘了有幾次，但反正他從來就不肯見我。』

「爲什麼？」

『最後一次了，陪我去問那個女人，爲什麼他就是不肯見我。』

你把我的手握得好緊，這是第一次，在我面前，你坦承你的脆弱。

推開咖啡館的木頭大門，你低頭走入，我跟在你的身後，我看見你的眼神筆直的注視著吧台裡的老闆娘，我看見那張蒼白的臉上第一次出現沒有表情之外的表情。

『我告訴過你了，你來幾次都沒用的。』

低沉沙啞的女聲，我第一次聽見她開口說話。

『這是最後一次了，告訴我他在哪裡？』

『你爲什麼就是不肯放過他？』

『因爲他是我爸！』

嘆了口氣，老闆娘走出吧台請客人離開，她揮手示意不收錢請快滾，沒有說任何的話語態度卻堅決，三三兩兩的客人像是習慣了那般、悶悶的把咖啡喝乾然後離開，離開時回頭好奇的打量著你，就當他們認出你的時候，老闆娘走向前把木頭大門關上。鎖住。

燃起一根香菸，我看見老闆娘第一次抽起：

『他在哪裡？』

答非所問的，老闆娘自顧著說道：

『他離開是爲了你們兩個人好，你們在那裡過的那種生活是互相折磨。』

『……』

『每次他看到你的臉就會想起那個悲劇，你難道不也是嗎？』

『不關妳的事。』

『就是不關我的事所以他才會來找我，你們都需要解脫，需要換個環境繼續活下去，在那裡你們父子倆的生活你好意思說那稱得上是生活嗎？』

『我來這裡不是聽妳說教的。』

『承認吧，他離開對你們兩個都好。』

『他到底人在哪裡？』

『他沒再喝酒了，來到這裡之後他就沒再喝過酒了。』

『我他媽的問妳我爸人在哪裡！』

沉默，窒人的沉默。

『他兒子生病了，幫我轉告他這點，如果他還在乎的話。』

丟下這句話，然後你轉身離開，跟上你的腳步，我們同時聽見老闆娘的聲音在我們的身後響起：

『他也要我轉告你，他這一輩子都以有你這個兒子爲榮。』

停下腳步，你怔住。

『還有，連同那些年來他搜集的你的剪報一起火化，把骨灰放在你們家人的旁邊，這是他最後的交代。』

你哽咽。

『他不是不願意見你，他只是自己覺得無法面對你。』

『什麼時候的事？』

『今年夏天，很抱歉，可是我眞的找不到你。』

『走吧。』

握了握我的手，你說，走吧。

你說走吧，但結果你卻是癱軟了雙腿，跪坐在地上、顫抖得泣不成聲。

我蹲下把你擁在懷裡，像個孩子似的，輕輕地哄著孩子似的你。

你的眼淚，落在我懷裡，這咖啡館裡。

望著你的眼淚，我想起他曾經也落下的淚。

同樣是淚，只是，程度上的不同。

程度上的不同。

□

一直以來他就固定每逢週末必定回家一趟，起初我以爲那是他體諒家裡的父母掛念著獨生兒子在外求學的緣故，後來我才知道其實是他掛念著家裡那兩歲大的小表弟；兩歲大的小男孩，他口中的小短腿。

小短腿是我第一個喜歡上的小孩子，小短腿長得就如同一般小孩那般的可愛，圓滾滾胖嘟嘟粉嫩嫩的，已經兩歲了話卻還沒怎麼會講，衛生習慣也像那年齡層的小孩一樣、完全沒有，甚至小短腿還有那麼一點的膽小——每當新聞的片頭音樂響起時、小短腿就會立刻躲到大人懷裡喊著怕怕。但不知怎麼的，我就是被這小短腿吸引。

第一次見到小短腿是在他家過年時，滿屋子亂跑亂叫的臭小孩，我的頭差點沒給痛死，就在心裡告訴著自己要冷靜別發火的時候，一隻粉嫩嫩的小手怯生生的伸向我、撒嬌的想要抱抱；我的反應是不知所措，我在想如果不是因爲現場還有別的大人在、那麼我的反應不是裝作沒看到，就是直接把他推開——視小孩的吵鬧程度而定——但結果不知道是因爲現場還有別人在、或者只是因爲小短腿是不怎麼吵鬧的那種個性的緣故，我於是不太拿手的抱起他。

「好溫暖唷！」

我忍不住驚呼道，就這麼抱著小短腿放在腿上餵他吃糖。

『妳是把他當成小胖子哦？』

「咕嘰咕嘰咕嘰。」

搔著小短腿的癢，他笑得我們都笑了。

沒想到這麼一抱我就捨不得再放手了。

回台北之後，常跟我提起小短腿的種種、像說故事那樣，他一向就拿手於說故事。

小短腿是他小舅的兒子，他小舅是外婆家裡最沒出息的麻煩不斷的被寵壞的敗家子。

『我小舅這輩子做過最有意義的事情就是生了小短腿。』

他說。

他說每次回去的時候，小短腿總會踮起腳尖伸直手努力著幫他開門鎖比自己身高還高的門，他說小短腿雖然話還不會幾句但卻跑得很快。

『每天我媽都拿著飯追在他身後跑。』

他說小短腿既不吵也不鬧，完全只是愛撒嬌，尿尿的時候要別人抱在馬桶上把尿、但嘴饞時卻會自己泡牛奶。

『這次回去小短腿眞是傷透我的心，我一看到他、他就很快的對我跑來，我才伸出手想抱住他時，結果他卻經過我身邊跑向我身後玩球的小女生。』

他笑說。

『我爸眞的很變態，老是愛捏他大腿問他痛不痛，怪老頭。』

他說小短腿目前寄放在他家，在小舅和舅媽打離婚官司的這段日子裡。

他說爸媽的個性都暴躁剛烈、感情其實並不好，早些年會鍋碗互丟，晚些年則以彼此間儘量不講話的原則共同生活於家裡，但自從小短腿借住他家之後，笑容重新出現在他爸媽臉上，更甚至兩個人老人常以小短腿爲話題聊開來。

『除了我小舅之外，每個人都愛小短腿。』

小短腿，備受疼愛的小短腿，話不會說幾句但腿卻跑很快的小短腿，有時因爲貪吃貪玩使性子的小短腿，從來就不會大哭大鬧的小短腿，老是喜歡把腿伸出陽台窗外看著飛機說怕怕的小短腿，看到人就要抱抱的小短腿，不怕跌倒因爲知道總是會有大人適時接住他的小短腿，以孩童的天眞改變了大人間冷漠的小短腿。

自從你的明星生活呈現極度忙碌的狀態之後，我開始也變成每個週末陪他回家，而我們的目的都一致，爲的都是小短腿。

但是那次，那次當我們回到他家時，開門的人卻不是小短腿而是他爸爸，還沒等他問起、他父親就先說了小短腿被他媽媽帶去收驚。

『收驚？是怎麼了哦？』

『被你小舅嚇到，在外面惹事跟人家打架，大清早的滿臉是血跑來找你媽借錢看醫生。』

『……』

『你舅媽今天會上來把弟弟帶回屏東。』

『小舅幹嘛不去死呀！』

摔了門，他氣得躲回房間，直到他媽媽帶著小短腿回家，他才終於又出來，拿著相機出來，像是被什麼追趕似的，他拚了命的替小短腿拍照，一捲又一捲的底片，直到小短腿被他舅媽帶走。

小短腿走出家門的背影，在那天晚上，他一次又一次的提起。

『小短腿第一次那麼乖自己走出去，以前我外婆要接他的時候，我們都要用騙的哄的。』

「小短腿知道那是他媽媽。」

『他自己走出去的背影看得我好心疼，妳有沒有發現小短腿今天拍照的時候都沒有笑？』

「小孩子可能感覺到自己要離開這裡了吧。」

『我本來還想著等小短腿再長大一點，要叫立揚教他打棒球，小短腿那麼愛跑又愛玩球，連哪個國小的棒球隊比較好我都打聽好了。』

「你還是可以打聽屏東的學校然後告訴你舅媽。」

『一想到以後都看不到小短腿，一想到回家沒有小短腿幫我開門……』

「你爸爸還是會幫你開門。」

『感覺差很多。他們離婚後小短腿不知道還會不會來我們家。』

「過年一定會的吧，你們還是親戚呀。」

『可是小孩子長那麼快，明年搞不好他就不是小短腿了，小短腿搞不好會把我忘記，他才兩歲，他們說小孩子在五歲之前好像不會有記憶……』

他哽咽，然後哭了起來，把枕頭都哭溼了。

那次回台北的火車上，我們還很樂觀的提議著找時間南下屏東找小短腿玩，結果這個提議始終沒有實現，因爲問了他媽媽之後我們才知道，他的舅媽不肯洩露住處給他們家人知道，怕的是那沒出息的麻煩不斷的被寵壞的敗家子小舅上門鬧事。

之後我們就不再每個週末回他家了，關於小短腿的話題也儘量的從話題裡剔除，因爲每當小短腿這三個字一說出口時，他總會開始眼眶泛紅，他說那樣子他自己都會覺得很難爲情。

當他再度提起小短腿時，是送姑姑上飛機的那個下午。

『我現在冷靜下來想想，其實這樣對小短腿比較好，跟自己的媽媽、總比在我們家被外婆寵壞被慣壞，將來變成另一個小舅的好。』

「你怎麼突然想開了？」

他笑著搖頭，沒說是怎麼想開的，卻直接了當提起姑姑向他提議我們一起去美國留學的事。

「我不要。」

想也沒想的，我拒絕。

然後是一陣長長的沉默，在沉默裡，我彷彿看見了過去的那個自己，在日式的老房子裡，被支開獨自練琴的自己，在琴聲裡獨自描繪著與姑姑、媽媽三個人共同生活的情景，然而這樣的情景、我滿心期盼的情景，卻始終沒有成眞過。

「我覺得很生氣。」

『嗯？』

「姑姑每次都這樣，那時候她把我支開、自己和媽媽討論我的去留，問也沒問一聲的，就決定自己跑去美國，把我留在媽媽身邊！」

『因爲那時候妳還小啊。』

「可是她現在又這樣！把我避開的和你討論，奇怪我還是小孩嗎？還是沒有資格和她面對面的討論嗎？爲什麼總是要她決定我該在哪裡生活？簡直莫名其妙！我是個人耶！不是一件行李！」

面對我的憤怒，他僅是淡淡的反問我：

『是她沒和妳討論過、還是妳一直避開不肯討論？』

是我避開，我承認。

「反正我不要去美國。」

『爲什麼？』

「怎麼、你想去嗎？」

『我無所謂，我尊重妳的決定，如果妳想留在台灣的話，我自己去了也沒意思。』

「嗯。」

『不過、我想問妳一個問題。』

「嗯？」

『既然妳媽媽的案子都已經結束那麼久了，那還有什麼是妳堅持留在台灣的理由？』

「不知道，我沒想過。」

不知道，我沒想過。我說。然而他卻接著問了一個我想也沒想過的問題：

『不會是因為立揚吧？』

「當然不是。」

結果我這麼回答他，一點遲疑也沒有的。

可卻從那個時候開始在心底問起自己這個想也沒想過的問題：是因為你嗎？

我回答不了我自己。

我想我只是太習慣了有你在身邊。

是因為立揚嗎？

這個他無意間點醒我的問題，從他問出口的那一刻起，像根針似的、扎在我的心底。

就像是客廳那間專屬於你的浴室那樣，隨著你的越來越走紅，你出現於我們之間的機率也開始小得可憐，在出入公眾場合都造成你困擾的情況之下，我們三個人每星期一在PUB的見面開始變成過去，三個人的時光變成只是回憶。

也忘了是你第幾次的缺席，那次在PUB裡，當老闆端來三杯飲料坐下來陪我們小聊一會然後離開去忙碌生意之後，他突然眼底閃爍著光芒，表情神祕的像是即將說出什麼不得了的祕密那般：

『我打聽到小短腿他們家的地址了。』

「嗯？」

他得意的笑著，我開心的驚呼，用不了幾秒鐘的時間，我們決定隔天搭一早的飛機南下去找小短腿。

『好緊張！如果小短腿忘了我們怎麼辦？』

在租車開往他手中抄下的地址時的興奮開始被緊張所淹沒。

「一定會記得的啦！我們那麼愛他耶！」

『可是他才三歲不到……』

「不會啦，不管是幾歲的人，都不會忘記深愛過自己的人。」

駛離高雄，我們來到屏東，來到一個之前聽也沒聽過、之後記也沒記得過的鄉間，循著地址、我們找到這間四周被田野樹林所包圍著的房子，在按下門鈴的同時，他開心的笑說：

『哈！這地方這麼大，眞是夠小短腿跑的了。』

「呵！小短要跑成大短腿囉。」

門打開，出現的是他的前舅媽，前舅媽一認出他時，臉上的表情瞬間轉化成爲敵意，當他再三解釋我們的來訪純粹只是太思念小短腿而非其他目的時，那敵意才稍微的退去一些。前舅媽說小短腿現在托兒所上課，要不待會一起去接他吧。

托兒所——

放學時間的托兒所，一堆又一堆的小鬼頭衝出大門跑向等候著自己的家長，而小短腿也是其中之一，從發現到他他衝到自己媽媽的懷裡才不到三秒鐘的時間，小短腿跑得還是很快、而身高也抽高了不少，在前舅媽放下他的同時，小短腿好奇的打量著我們、卻始終沒有開口。

『弟弟、哥哥和姐姐來看你了喲！以前在阿嬤家的哥哥和姐姐呀！』

『阿嬤！』

『是哥哥和姐姐啦！』

『阿嬤！』

他們母子倆笑成一團，我們的心情卻有些沉。

前舅媽說她現在診所當晚班護士，要不我們可以帶著小短腿到附近的公園玩，晚餐時候再直接送回家裡交給她媽媽就可以了。

『好啊。』

「好啊。」

我們異口同聲。

在診所附近的公園裡，我們兩個人坐在盪鞦韆上看著小短腿和其他的小朋友玩得極樂，我們都笑著看著小短腿，我們都沒說破小短腿其實不太認得我們了。

在小短腿的眼裡我們變成只是一般的大人了

回小短腿的家。

在小短腿衝到客廳時，他拉住小短腿，然後蹲下，說：

『弟弟，幫哥哥再開一次門好不好？』

小短腿似懂非懂的點點頭，門關上，再按門鈴，小短腿乖乖的把門打開，探出顆小小的腦袋。

他蹲下，抱住小短腿，哭了起來。

Bye Bye了，小短腿。

我們記憶裡的小短腿。

第十章

◆之一 宋愛聖

結果那個新的助理才上了兩天班就不告而別了，沒說一聲的、連電話也不接的，眞是糟糕透了的離職法；簡直莫名其妙，以爲我會苦苦哀求她留下來嗎？想太多。

「好歹也通知一聲吧？說聲老娘不爽幹也好呀。」

『現在的年輕人哦！一個比一個沒責任感。』

『虧她還是喝過洋墨水的喲！結果卻一點Sense也沒有。』

在早午茶的休息時間，我們把這無緣的二日同事之前面試時的履歷表釘在公告欄上射飛鏢，一邊借題發揮的數落起當今的七年級生。

『哇靠！射中照片了！老大、我的年終要Double！』

「誰告訴你今年有你的年終了？」

『吼～～那我也要不告而別了啦！』

「收一收上工了啦。」

起身我拿下被釘在公告欄上的履歷表，正要丟進廢紙簍的時候，眼角的餘光卻瞄到學歷欄的最後一串英文名。

『幹嘛露出那種表情、老大？』
「我本來也要去那間學校留學的。」
心有點揪，搖搖頭，我把這揪心的感覺搖出腦海，轉移話題：
「這星期再找不到助理的話，就把麗塔給我綁回來上班。」
『哈！不如叫你老大來當助理吧？』
「你是要老大的命喔？」
『拜託！她那麼正，美化一下工作氣氛不頂好？』
在這群賴子們的爭論中，我拿著這無緣的履歷表走回自己的辦公室，把履歷表攤在桌上，望著那串英文字母，突然有股衝動想打電話問問她、那學校是個怎麼樣的地方？冬天是幾月開始下雪的？會不會趕了連夜的報告轉頭時卻被窗外的初陽所感動的忘記熬夜的疲累？
想著想著，我拉開了抽屜的最底層，找出那只陳封已久的戒指把玩在手上，就這麼恍恍惚惚的拿起了電話，不過並不是要打給那個無緣的履歷表主人，卻是撥了女朋友的號碼：
「要不要去阿里山看日出？」
劈頭我如此問道，而女朋友先是一楞，接著乾脆的答應。
阿里山的日出，久違的阿里山日出。

『嘿！我們去阿里山看日出好不好？』

我想起那次探完小短腿的回程裡，在小港機場的櫃檯前等候買機票的時候，妳突然的提議道。

『那次沒去成不是嗎？這次我們自己去。』

我好喜歡妳說**我們**的語調，好喜歡妳說的我們裡，沒有包括立揚。

把戒指放進口袋裡，回家收拾了簡單的行李，和女朋友兩個人，我們朝阿里山前進。

我們，沒有妳的、另一個我們。

回憶之旅，阿里山。

和那次一樣，到了阿里山進了房間放下行李之後，爲了怕睡覺誤事、於是我們喝了整夜的咖啡吃了整夜的零食說了整夜的話，只是這次的話題裡沒有立揚、沒有小短腿，也沒有妳。

回憶之旅，阿里山，宛若某種形式上的告別，對我而言。

神祕儀式。

搭上小火車的第一班列車，在阿里山的第一道曙光裡，將女朋友擁在懷裡時，我說：

「嘿！我們生個自己的小短腿好不好？」

『什麼小短腿？』

什麼小短腿？女朋友不解的問。而當年妳的回答則是：神經。

「眞的啦！我眞的很想很想有個我們自己的小孩。」

你那麼喜歡小孩啊？妳當年的回答。而此時此刻的女朋友卻是笑，笑著說：好啊。

「不完全是，絕大部分的原因是，我眞的愛了妳好久好久了。」

在回想起當年站在這裡告訴妳的這句話時，我才驚覺：我們眞的已經分離好久好久了！

——弟弟，幫哥哥再開一次門好不好？

那小小的身體，那童稚的純真。

——幫哥哥再開一次門好不好？

打開了妳的心，也打開了……

——再開一次門好不好？

打開了我們的未來。

——我們一起去美國吧！先把書唸完了再説。

當年在這裡，在立揚缺席了好久的日初裡，在太陽衝破雲層完全露開臉的當下，妳如此說道。

而此時此刻的女朋友說的卻是：

『你怎麼哭了？』

搖搖頭，我也不知道怎麼我就哭了。

把淚抹掉，我拿出口袋裡那曾經戴上過妳手上的戒指，對著山頭，我拋了出去，完美的拋物線，眞正的句點。

「走吧。」

我說。

走吧。

□

那天離開阿里山之後、回到台北之前，在途中我買了戒指給妳，用盡我當時所有的銀行存款買下的戒指，圈在妳的無名指上，圈出我們共同的未來。

忙碌，我們開始爲共同的未來忙碌，我忙碌著畢業成果展，妳忙碌著我們即將展開的留學生活；忙碌，我們忙得忘記告訴立揚這件事情，不，我們甚至忙碌得連立揚的存在都忘記。

我們。我眞是愛死了我們這個詞、這感覺、這我們的單位。

直到那一天，那個星期一，立揚突然打我手機，約定晚上在PUB的見面。

「哇！大明星終於有空露臉囉。」

『爲了慶祝你畢業嘛。』

爲了慶祝你畢業嘛。立揚說。

我始終清楚記得立揚這句話裡的語氣，那麼淡的語氣，淡得幾乎不帶任何的感情，連慶祝的感情成分也沒有。

掛上電話之後，我撥了手機給妳說晚上的見面，結果話才說了一句、妳就說已經知道了：

『他昨天晚上有回來。』

「哦？」

『我告訴立揚我們要去美國的事了。』

妳說，和立揚一樣的語氣，同樣的淡的語氣。

「怎麼沒找我？我也好久沒看到立揚了。」

『你在和同學狂歡慶祝畢業啊。』

後來我們電話裡又說了什麼我已經不復記憶，我只記得無數的想像畫面開始在我的腦海盤旋，而我告訴自己，別想太多。

別想太多。

想太多。

太多。

PUB——

空盪盪的PUB裡只有妳和立揚兩個人坐在我們的老位子上，我奇怪的問老闆這是怎麼回事？結果老闆笑說立揚把整個晚上包場下來了。

『畢竟是大明星了嘛，已經沒有辦法自由的出入公共場合了。』

老闆又說，與有榮焉的說。

坐下。

坐在這坐過無數次的位子上，我卻有種好陌生的感覺，不對勁，我感覺到有什麼地方不對勁，可卻又說不上來到底是什麼地方不對勁；我坐下時你們有一搭沒一搭的聊著，大概是從相遇到相識那方面的往事吧！而當我一坐定時、立揚笑著恭喜我畢業，然後問起我們即將展開的留學生活。

立揚從頭到尾都扮演著聆聽者、當我說起我們共同的人生計劃時，在適當的地方立揚給了恰當的回應，偶爾立揚微笑的提出問題，非常稱職的聆聽者、當時的立揚。

完全以我爲中心的發言著，角色互換的局面、我是主角而立揚只是配角；長久以來我所渴望的畫面、我所追求的談話內容，可是——

可是有什麼地方不對勁，我一直這樣感覺著，直到我留意立揚的目光時，才終於搞懂這不對勁。

儘管立揚努力的用心聆聽著我的談話，按捺著性子聽我喜悅的描繪著和妳的未來、我們的未來，可眼神卻仍不由自主的、時不時的望向妳的無名指，而那眼神太複雜，複雜得無法以言語形容、當立揚不經意望向妳無名指的眼神，複雜。

始終保留了一半的自己活著的立揚。

往後回想時我總覺得驚訝得不得了，在那晚、那個我們三人最後一次同處的夜晚裡，我的記憶畫面裡竟完全沒有妳的存在。

那畫面彷彿是電影的長鏡頭似的——始終是我記憶裡的PUB，同樣是我們慣常佔據的老位子，我說著大量的話，而立揚則恰到好處的扮演著聆聽者的角色，然而仔細的回想起，能輕易的發現，那微笑的傾聽已經是當時的立揚所能做到的極限了。

彷佛電影的長鏡頭：我、立揚，以及妳的無名指——立揚時不時下意識望向的、妳的無名指。

就是連老闆的影像都比那晚的妳要來得清晰些。

『你們吵架啦？』

老闆走過來，笑問道。

我注意到他問的你們，指的是妳和立揚，而不是我們；在老闆眼中的你們，不是我和妳、卻是妳和立揚。

你們。

而妳怎麼回答？我完全沒有記憶妳當時怎麼回答，卻清楚的記得當時立揚難得自己提議上台唱首歌。
有多少愛可以重來。立揚當時唱的歌。
有多少愛可以重來。立揚在花蓮海邊唱的歌。
有多少愛可以重來。立揚的爸爸留在車裡的卡帶。
有多少愛可以重來。立揚送給我們的歌。
有多少愛可以重來。不屬於立揚年紀該有的、滄桑的歌。

有多少愛可以重來　有多少人值得等待
當愛情已經桑田滄海　是否還有勇氣去愛

詞／何厚華　曲／黃卓穎

當立揚走回座位時，妳正好起身去廁所，我不記得那時候妳在廁所待了多久，我只記得當妳起身離座的那一瞬間，眼底那幾乎冒出的淚。

「這首歌……」
『嗯？』
「你唱得很好聽。」
『謝謝。』
「爲什麼這麼喜歡這首歌？」

『爲什麼不？』

「太悲傷了。」

『還好吧。』

「有什麼特殊的意義嗎？對於你。」

『那是我試唱時挑的歌。』

「還有呢？」

『她當時替我伴奏。』

你們的回憶。很好。不屬於我的、你們的回憶。

「你們是不是怎麼了？」

我問。

而立揚沉默，在立揚沉默的眼底有個什麼我不想知道。

「我說不上來，可是我感覺得到，怪怪的、你們。」

『我只是捨不得你們走而已，至於她、我不知道。』

「有什麼差別嗎？反正你越來越忙，你幾乎離開了我們的世界。」

『那不一樣。』

「你不能總是要別人守候著你，你知道嗎立揚？」

我知道。立揚說。立揚又說：

「我曾經有過一個很可笑的想法，假設我活到七十歲的話，那麼一天睡一個歌迷，到我死前都還睡不完。」

『確實很可笑。』

「嗯，但我的重點是，儘管有那麼多的歌迷，儘管他們比你們更愛我更支持我，但是，只有在你們面前，我才是眞正的我，你明白我的意思嗎？」

深呼吸，我告訴我自己深呼吸；但是辦不到，我感覺到我的憤怒在燒，我的理智在燒。

「說什麼漂亮話呢鄭立揚？是你自己選擇走上這條路的！沒有人拿槍逼著你！承認吧鄭立揚，你才不是爲了讓你爸爸找到你而走上這條路！你根本也不是因爲小時候你爸爸帶你去個狗屁民歌西餐廳就跑去駐唱！你只是不甘心自己是個服務生站在台下看別人風光！你從來就不甘於平淡！你根本就無法忘記投球時成爲大家焦點的回憶！你他媽的根本就不配唱這首歌！」

『我想你說得對。』

「你太愛自己了鄭立揚！你根本沒有辦法愛人、而你自己也知道這件事！」

『也對。』

「你是我見過最自私的人。」

你們昨天到底他媽的發生了什麼事？說了什麼做了什麼？他媽的發生了些什麼我不想知道的事！眞正我想問的是這個，可是看著立揚的臉、那張令人羨慕的臉，我卻完全性的問不出口。

我問不出口，我在腦子裡放任我的想像發酵。

『我東西已經收拾好了，今天下午就搬走了。』

那張令人羨慕的臉、立揚的臉，在面對我的憤怒時，依舊冷靜的如此說道；我甚至懷疑、那張冷靜的臉其實正等著我問他、問他昨天晚上做了什麼！

「爲什麼？」

『我只是不想當被留下來的那個人，我受夠了總是被留下來。』

「她怎麼會答應讓你搬走？」

沉默，立揚沉默。

沉默，最不可饒恕的回答，這沉默。

「嘿！鄭立揚，我一點也不羨慕你，你懂嗎鄭立揚？我從來沒有羨慕過你，你好可悲，好可悲。」

點點頭，立揚沉默的離開，望著立揚離開的背影，我彷佛看見立揚始終保留著的那另一半的自己，崩壞。

崩

壞

我沒想過那會是我最後一次見到立揚。

嘿！鄭立揚，我一點也不羨慕你。我說。然而一分鐘的時間過去之後，我發現我錯了。

一分鐘不到的時間之後，妳從廁所回來，而眼底，有哭過的痕跡。

崩壞。

我沒問妳怎麼哭了，我只告訴妳立揚走了，很淡很淡的口氣，和你們一樣的口氣，淡到幾乎不帶任何的情感；就是從那一刻起，我發現自己無形中變成和你們一樣的人了。

和你們一樣是同類了，但好奇怪的是、我的感覺卻是孤獨。我不知道原來你們孤獨。

「立揚搬走了。」

『他昨天告訴我了。』

「還有呢？你們昨天還做了什麼嗎？」

『道別。』

「怎麼道別？」

沉默，妳也沉默。我眞的恨透了這回答、沉默、沉默。

『妳還去美國嗎？』

你們做愛了嗎？其實我想問的是。

「我不知道，我好難過，我沒想到我們會分開。」

我們。妳和立揚的我們。我開始憎恨這個我們的單位。

「爲什麼要難過？反正立揚已經忙得幾乎不在我們身邊了不是嗎？」

『那不一樣。』

那不一樣。妳說。立揚也說。

那不一樣。和立揚一樣的，妳的回答；而這次我的反應是沉默。好奇怪的沉默，好奇怪的感覺，我居然望著妳，幻想著妳和立揚，我想像著你們好歡愉，我想像得自己幾乎就要尖叫就要掉淚了，但我仍控制不了這想像。

我想像你們會用什麼體位？我想問妳的感覺如何？我想問妳你們是不是其實早就上過床、早在我遇見妳之前？更甚至當我們交往時亦然？我不相信你們對彼此從來就沒有慾望。

我就要被自己的想像力逼瘋了。

「你們做愛了嗎？」

『沒有。』

「從來沒上過床？」

『沒有。』

「不要騙我沒關係。」

『我們只是擁抱而已，昨天，我們只是擁抱而已。』
——爲什麼不能習慣擁抱？
——因爲習慣了不擁抱。
怎麼會這樣？怎麼會只是擁抱而已卻比起你們做愛更教我難以忍受？
「妳不是……不擁抱的嗎？」
沉默。妳又沉默。
「妳傷害了我。」
『我們只是擁抱而已。』
「那不一樣。」
那不一樣。我也說。
『我……不去美國了。』
哽咽，妳哽咽。
『一開始就錯了，妳懂我的意思嗎？我們從一開始就錯了，我們三個人。』
「是賭氣嗎？爲什麼……你連美國也不要去了？」
『不是賭氣，只是因爲我不想再見到妳。』
我說，然後我深呼吸，然後我說出一句連自己都無法置信的話：
「妳可不可以離開這裡？我不想走在街上看到每個長頭髮的女生都以爲會是妳，那樣太痛苦了。」

而這竟是我們之間説過的最後一句話。

幾天之後，我收到妳寄還給我的戒指，那只圈出我們未來的戒指，妳寄還給我。

收到戒指的那天，我帶著履歷表到廣告公司面試，雖然心悲傷，但面試的表現卻好得連自己也意外，後來想想，我覺得那可能只是因爲我也學會了立揚、只用一半的自己活著，清清楚楚的把自己一分爲二，用一半的自己去面對這世界、去處理這現實世界。

這一半的自己在這現實世界裡過得很好，不到兩年的時間就把貸款給償清；是的，看到那房子貼出急售的告示之後，我當下就決定將它買下；就算我住不進妳的心裡，但至少、我能住在妳急售的房子裡；好幼稚的想法、我自己也知道這件事情，但不知道爲什麼我就是想要這麼做。

而住在那房子裡的另一半的自己，卻始終想著：妳是去了哪裡？是依舊去了美國？還是終究和立揚在一起？

我不知道，我不知道我想不想知道。

我只知道如果第一顆釦子扣錯了、接下來的就是一連串的錯誤。

而我們之間的第一顆釦子不是PUB的初次再相遇、卻是早在當年紅色圍牆時，立揚不該缺席，更甚至我不該要立強陪我一起跳下圍牆的。

所以是的，我也恨立強，我恨妳第一個愛上的人是立強，我恨立強愛我。

我恨立強太聽我的話。

我恨那一天。

「立強，你現在在家裡都在幹嘛？」

『看電視呀！大無敵快播完結篇了溜，你都沒看喔？』

「我哪來的時間看！要不要一起來補習？反正你功課那麼爛。」

『不要，補習班又不好玩。』

「有我在啊，補習班的人感覺都好討厭，一個一個的只會比分數。」

『可是……』

「來啦！這樣我可以考慮載你一起去補習。」

『那我問我媽媽。』

「好呀。」

好呀。

答應了立強卻又反悔的我。自私的我。

我恨那一天。

「鄭立強你好了沒？我要去補習了啦！」

『等一下啦！大無敵今天完結篇。』

「那你叫你媽載你去好了！你每次都把我抱得很緊我很難騎車。」

『不要啦！你等我一下啦！不然我拉你衣角就好？』

「我不等了啦！今天有考試，所以你不要又一下課就跑來我們班找我，每次都害我被同學笑。」

『等我啦！』

「管你的，我要先走了，叫你媽載你啦！掰。」

我始終不肯承認存在的回憶、這我和立強最後的對話。

而我只是在想，如果當年那天的我，等了立強的話，是不是，一切就可以不一樣了？

◆之二

李小潔

如果不是註定的就不會發生，如果發生了那就是註定的。

這是你的開場白，在你釋放過眼淚的那個午后。

你說這是七年八個月之後、我們再度重逢時，你當下的感受：如果不是註定的就不會發生，如果發生了那就是註定的。

『一開始我的試唱由妳陪伴，到最後我的演唱有妳參與，我喜歡這種註定。』

你喜歡這種註定，你說。可我沒辦法喜歡，我沒辦法喜歡你接下來告訴我的事情，我不喜歡關於你的、貓在屋頂上的故事。

貓在屋頂上。

大概是今年夏末秋初的時候，你感覺到身體明顯的不適，起先你認這是季節交替的緣故，你於是並沒有放在心上，但接著你體重掉了好多，你的聲音並且越來越沙啞，你開始意識到這或許不會只是單純的感冒；你想起過去在發片曾經因爲壓力過大所患上的甲狀腺亢進，但你想不明白的是你已經退居幕後好久，你日子過得輕鬆愉快，雖然有點孤單，但起碼還算自在——你奇怪壓力會從何而來？

就這麼疑惑著不解的時候，你留意到甲狀腺的部位摸來好像長了硬塊。
貓在屋頂上。
去到醫院檢查的時候，不知怎麼的、你突然想起了這個故事。
身體慢慢的告訴著你一些訊息。

貓在屋頂上。
檢查結果出來時你只覺得腦子一片空白、耳膜轟轟作響，醫生熱心的說了好多好仔細，可你怎麼就只聽見癌這個字。
你覺得好害怕。
你說走進醫院已經是你的極限，你又重複了一次生病眞的比死亡更教你感到害怕；於是拿著診斷報告書，你所做的事情並非聽話的接受手術治療，卻是開始思考起你這個人的一生經過。
你說不上來自己到底算是幸運或者不幸，你認爲這兩者或許始終並存於你的人生。你的人生，得到太多卻也失去太多的、人生。
感覺就像是年輕時我們總會玩笑問起的古老話題：如果明天就是世界末日，你、會想做什麼事？
『回家。』
結果你這麼回答自己。

回家。接著就像你先前提過的那樣，你回老家一趟把房子整理起來，你想回到那個從小生長的土地上，安靜的等候，等候身體的旨意，等候貓從屋頂上掉下來。

你覺得安心好多，你甚至露出長久以來第一次的微笑。

身體的旨意，上帝的旨意。

『感覺好像在含蓄的等死。』

你笑說。

同時間你認為該向些老朋友告別，可你想來想去卻想不起該向誰告別，你最後想起PUB的老闆，這你如今唯一想見、也還找得到的、老朋友；在和老闆敘舊的時候，他提起了那家新開的地下PUB，你聽了好有興趣，你於是提議想要入股合夥，並且欣然接受選定在那地方做出最後的告別演唱。

老闆並沒有問你為什麼是最後的告別演唱，老闆從來就當你是個兒子，老闆從來就只放任你卻不追問你。

低調的告別演唱，私底下的公開告別，隨緣。

你並沒有公開宣傳這最後的表演，你只想要安靜的道別、以歌唱，安靜的唱幾首自己喜歡的歌，回到最初唱歌的那個自己；然後我出現，我們偶遇，我們重逢，在七年八個月之後。

『我把這當作是上帝送給我的最後一份禮物。』

你又說。

「所以你才會突然的要我陪你去花蓮看海卻什麼都不告訴我？」

『我眞的不知道該怎麼開口，而且……那時候的氣氛太好，我不想壞了那氣氛。』

「是不知道該怎麼開口、還是壓根不想告訴我？」

『……』

「所以你就自己決定回來之後讓一切畫下句點？」

『沒想到被妳看出來。』

「你都寫在眼底了、立揚。」

『對不起。』

「那爲什麼又來找我？」

『我也想知道爲什麼……我已經好久沒有那麼……失控過了。』

「失控？你還是把我們的事當作只是失控？」

『是愛，我還是好愛妳，可是我眞的……』

「……」

『我眞的不知道該怎麼辦，我沒想到會再遇見妳、在這種時候遇見妳，這是我第一次說出我的病，我沒想到對象會是妳，我眞的……害怕，我很害怕。』

「你不會有事的。」

我說。可聲音卻微弱得連自己也幾乎聽不見了。

『然後我才知道我害怕，遇見妳之後，我才知道我好害怕這病、這癌，不、我害怕的是後悔，我都已經決定好了、可是我怕我到頭來卻又後悔，來不及了才後悔。』

「你不會有事的。」

『讓我說說內心的恐懼，好嗎？』

「立揚……」

『我本來不怕的，當時知道的時候其實不怕的，我不害怕死亡，因爲我知道天堂有媽媽和哥哥在等我，而現在、我找了好久的爸爸也去了那裡，我們一家人終於可以團聚了；可能過了這麼久他們會認不得我，不過沒有關係，血緣就是這麼一回事，有些人你就是會認出來，可能花一點時間就可以，我不知道天堂有多大，但我知道我爸爸沒有辦法再躲我了。』

「我不要——」

『嘿！聽我說，立強他一直想要個哥哥，可能很幼稚吧！他一直很不高興自己是哥哥而不是弟弟，只因爲他比我早了一分鐘來到這個世界，不過沒有關係，再怎麼幼稚、他到底還是我的哥哥，而現在、我也比他大了，可以換我當他的哥哥了。這樣不是很好嗎？他可以看看他長大後的樣子，而我可以看看我小時候的模樣。』

「立揚……」

『我真的、好想好想念他們。』

「那我呢？」

『對不起。』

你不可以……這麼自私，不可以……

「不行，你不可以就這樣放棄，你去做手術，好不好？」

搖搖頭，你堅決的說：

『不要了，我不怕死、但我眞的怕病，我不習慣脆弱。』

「有那麼難嗎？」

『……』

「面對自己的恐懼，有那麼難嗎？」

『當你只有自己一個人的時候，那確實很難。』

「這已經不再是你自己一個人的生活了。」

『……』

「我陪你，我陪你動手術，讓我照顧你，這次換我照顧你，好不好？」

『別這樣，我不想耽誤妳。』

「你已經耽誤我了，從你抱住我的那一刻起，你就已經耽誤我了。」

『我——』

「而且，我比他們更需要你。」

需要你……千眞萬確的、一直就需要你，不管是怎麼樣的你，病了的你、老了的你……

你。

甲狀腺乳突癌，你得的癌，癌症裡對人體生命危害最少的癌，在初期手術切除治療效果最佳。

沒那麼嚴重的。

我不准你放棄自己。

恐懼往往不及我們想像中的恐懼。

你只是想要牢牢捉住死亡的機會嗎？

當天我就訂好了回美國的機票、連同你的，接著我打了電話給姑姑，要她幫忙安排最好的醫院、最快的手術；握緊你的手，我不准你放棄自己，因爲這已經不再是你自己一個人的生活了。

因爲我要你陪我一起慢慢變老，因爲、這已經不再是你一個人的生活了。

距離登機還有整個晚上的時間，你提議道不妨回去看看那我們曾經共同住過的房子。

和上次你提議去花蓮時不同的是、這次你的表情多了孩子氣。

我們曾經共同住過的房子，黑漆漆的一片，不知道是沒有人住、還是住的人不在家。

『不知道現在換成了什麼樣的人在住呢？』

你說，然後你掏出一串鑰匙，你問我要不要冒個險？

「你還留著這鑰匙？」

『我習慣把住過的地方鑰匙在身邊帶著。』

「爲什麼？」

『因爲不知道什麼時候會用到啊。』

「但、搞不好這人家換鎖了呀，通常都會換鎖的吧？」

『那就隨緣囉。』

結果緣分要我們再回到這房子。

房子的主人並沒有把鎖換掉，更甚至房子裡的擺設也幾乎和從前如出一轍，幾乎可以說是原封不動的被保留下來的狀態、這房子。

怎麼會？

『這房子不會是一直空到現在吧？』

「不可能，我記得那時候好快就賣掉了。」

『那或許是當時的買主買了想轉賣結果卻脫手不成吧，要不眞的沒道理。』

然後我們都同意你的這個結論，於是放心的四處走看。

『不准上二樓。』

你淘氣的對我說，然後我又好氣又好笑的看著你走進你從前的房間，然後、然後我看見一件好奇怪的事情——

在電視機上的相框裡，有一張大概是國小五、六年級男生的照片，小男生穿著棒球衣，小男生手裡拿著球棒開開心心的對著鏡頭笑，小男生看起來好像小短腿長大些的模樣。

——我本來還想著等小短腿再長大一點，要叫立揚教他打棒球，小短腿那麼愛跑又愛玩球，連哪個國小的棒球隊比較好我都打聽好了。

有可能嗎？

然後電話響起。

然後他的聲音從答錄機裡傳來。

然後答錄機接起電話。

然後你走出從前的房間，你手裡還拿著一本陳舊的畢業紀念冊。

我們都靜止不動。

我們同時聽見他的聲音從電話裡出現。

最終章

有的時候是這樣，我會打電話回去和我的房子聊天，聊些什麼不一定，因爲重要的並不是聊天的內容，而是聊天的本身。

這是我最私人的動作、關於打電話和房子聊天的這個行爲，是我從來也沒告訴過任何人的私密動作，就連對無名咖啡館的冷漠老闆娘也不曾提起過。

雖然有時候我難免懷疑她會不會也在打烊之後關起燈來對著她的咖啡館聊天？

好像是從變成廣告人開始吧？當思緒困頓的時候，我總會打個電話跟房子聊聊天；那些我說也說不出口的心情、無法完整敘述的雜亂心情，透過答錄機，我說給我心愛的房子聽。

我心愛的房子，這屬於我自己的私人紅色圍牆，不離不棄的紅色圍牆，除了我之外、誰都無法將它改變。

我自己的、紅色圍牆。

而如今，我的私人紅色圍牆就要開放予女朋友、就要分享女朋友進住，於是基於禮貌基於尊重，我認爲應該先通知房子一聲。

決定了要結婚的這件事情之後，我首先想分享這喜悅的對象就是我的房子。

從阿里山回來之後，我就蠢蠢欲動的想要結婚想要生子想要不再形單影隻的在這紅色圍牆裡；我不確定是因爲神祕儀式的完成或者只是因爲年紀到時機對了？還是只是單純的因爲女朋友告訴我的那段話？我不確定。

我想房子或許會知道答案。

於是在女朋友公寓的樓下，我在轉角的電話旁投入身上所有的硬幣，然後電話接通，接著答錄機啓動。

「如果沒有王子的話，灰姑娘永遠只是灰姑娘，而沒可能變成仙度瑞拉。」

這是我對房子聊天的開場白，同時也是女朋友告訴我的第一句，雖然當時我有點不太明白女朋友爲什麼會突然如此感觸，因爲明明我爲她套上的是鑽戒又不是玻璃鞋。

不過沒有所謂，這就是女朋友的個人特色，生活中再細微的瑣事她都可以和童話故事兜上邊。

「要是給那些偏激派的女權主義者聽見了肯定被幹譙到不行，但話說回來那又怎樣？反正要娶女朋友的人是我又不是她們。」

女朋友從來就是喜歡做夢的小女生個性，天眞無邪的，眞好，眞羨慕。

小時候女朋友又黑又胖，長大後靠著後天的努力以及驚人的意志力，慢慢蛻變成爲纖細白皙的美少女模特兒，女朋友說這是現代版的醜小鴨變天鵝。

女朋友依賴過度的睡眠來減少進食的機率並且滋養出吹彈可破的肌膚，每當鑽進被窩的那一刻、女朋友總幻想著自己就是睡美人並且等待王子吻醒她。

女朋友熱愛水果卻唯獨不碰蘋果，她有時候會認爲自己是白雪公主，而她得提防壞巫婆的毒蘋果；女朋友甚至聲稱她唱歌走音是因爲自己是美人魚轉世，女朋友的幻想總是無厘頭，不過——

「不過我個人覺得她這樣無厘頭的可愛，好吧，我承認絕大部分的原因是在她的幻想裡、王子都是我。

「嘿！別這樣，愛幻想歸愛幻想，但實際上她是愛做家事的那種個性，放心，她肯定會把你打扮得乾乾淨淨漂漂亮亮的，啥？蕾絲？不會啦！她不是喜歡蕾絲的那種人吧！唔……要不我問問她確認一下好了。

「爲我高興？那當然，以後她會常陪你喔，我們商量好了，以後她要當全職的家庭少婦，對、她堅持是少婦不是主婦，畢竟她還那麼年輕嘛！我剛要說什麼？對喔！家庭少婦。每天我上班的時候她就留在家裡先把你打掃過，空了閒了就寫她的童話故事，對呀！她的夢想就是當個童書作家，模特兒哦？算了啦！我是希望她不要再接Case的好，當個童書作家不也頂好的。

「所以囉，這應該是我最後一次打電話跟你聊天了吧，哎！沒辦法……懷念？當然會懷念我們一起度過的那些日子呀，一直都很懷念的好不好——」

『喂？』

倒抽了一口氣，我眞的狠狠的倒抽了一口氣。

怎麼會有人在我的房子裡？

『是我。』

眞的是立揚。

『很抱歉我們擅自進來你的房子，我們沒想到你還住在這裡——』

「你們？」

『我和小潔，我們在一起。』

「多久了？」

『有一會了。』

顯然立揚是會錯意我的問題了，我問的是你們在一起多久了？是不是從那個時候就在一起了？會不會——算了，過去了。都過去了。

「所以我剛才的自言自語？」

『都聽見了，恭喜你。』

「爲什麼一直不肯見我？你明知道我一直在找你。」

『因爲你傷害了我。』

「你是不是用錯主詞人稱了？立揚。」

『沒有，眞的你傷害了我，在PUB裡，我們最後一次見面那晚，你傷害了我。』

「……」

『我以爲你是最了解我的朋友，但結果你卻誤會我最深，我很傷心。』

「……」

『這個世界上，我最不愛的人就是我自己。』

公共電話上的數字在閃爍，嘆了口氣，我說：

「那本畢業紀念冊，立強的那本畢業紀念冊，可以還給你嗎？」

『嗯。』

困住我太久了！這畢業紀念冊、這心魔、這自責，該讓它過期了。

『我們我們……明天就要去美國了，想告別這房子，我們也很懷念、一起度過的那些日子，一直都很懷念。』

「祝你們幸福。」

我想這麼說，但結果話到了嘴邊說的卻是：

「小短腿現在打棒球哦！他盜壘尤其讚，所以是吧？我的眼光從來就沒失誤過。」

『嗯？』

「幫我轉告她這些，她會知道我在說什麼的。」

『嗯。』

「還有、我可以把你告訴過我的一句話還給你嗎？」

『什麼？』

「替我照顧她，這麼多年來我一直想見你，爲的就是——」

沒餘額了。

「爲的就是把這句話還給你。」

話。

而我還是決定把這句話說完，雖然只有空盪盪的聽筒聽到這句我想說了好多年的

掛上聽筒之後，我走了好長好久的一段路，掙扎著猶豫著要不要馬上回家去見你們一面？要不要確認、這麼多年來、你們是否一直在一起？

不知道，我眞的不知道，不知道我自己想不想要知道。

把思緒放空，我無心無緒的走著，讓雙腳自己決定它想帶我去哪裡。

無名咖啡館。

雙腳要我去找冷漠老闆娘。

咖啡館已經打烊，我推開木頭大門，一切就如同一個星期前的那天，只是，一個星期後的今天，什麼都變了。

這麼說對嗎？

『門關好。』

老闆娘頭也沒回的說，視線仍緊盯著電視螢幕。

不知道是不是路走太遠、腿太痠的關係，此時此刻看著冷漠老闆娘的背影，我竟然腦子壞了似的想跟她撒個嬌：

「欸，妳可不可以問我一下怎麼了？」

『怎麼了？』

了不起。眞是我聽過這世界上最不想知道對方怎麼了的怎麼了三個字。

「我覺得有點煩。」

『有很急著要煩嗎?』

想了想,我說:

「倒是也還好。」

『那就先陪我看完這球賽再說。』

「這哪場?」

『棒球,奧運,重播。』

頓了頓、老闆娘又補了這麼一句:

『而且這場我們贏了。』

我們?

從這兩個字開始,我決定先看場球賽再說吧。

關於立揚，以及那遺失的一分鐘

一開始我並不明白爲什麼，爲什麼第一次看到妳的時候就直覺讓我想起國小五年級的那個夏日午后，那是個平凡到幾乎沒有任何特別之處的夏日午后，就如同許多日子裡的夏日午后一般，平凡到幾乎沒有任何的特別之處。

但有件事情讓我的印象好深刻。

那時候教練好像問了我什麼話，結果我答非所問的回答：

「我叫鄭立揚，名字是媽媽幫我取的，媽媽說世界上她最愛的人就是我，因爲只有我不會讓她失望讓她流眼淚。」

接著教練和我都同時楞住，誰也不曉得幹什麼我突然這般回答，然後我們極有默契的當沒這回事繼續練球。

後來我才想明白了怎麼回事，那是關於遺失的一分鐘這件事情。

遺失的一分鐘。

『如果再多一分鐘就好了，當她問我叫什麼名字的時候，我名字都已經說到了嘴邊的，但結果他們就從廚房回到客廳了……餅乾很好吃果汁不太冰，但重點是她彈鋼琴的樣子好像天使……如果再多一分鐘就好了，讓我把名字告訴她，讓我們開始做個朋友，讓我知道女生其實好可愛……

『嘿！你都在打棒球所以你都不知道，媽媽常常在偷偷哭泣喔！好像是爸爸和以前的女朋友還有在聯絡，每次呀火車經過的時候好吵的不是嗎？所以你才會沒聽到吧？我耳朵好靈耶！他們常常吵架喔！吵到最後都嘛是媽媽在哭，可是好奇怪我不會怪爸爸我反而生氣媽媽哭，我眞的好討厭女生哭的樣子，那個女生應該不愛哭吧！因爲她看起來恰北北的……如果再多一分鐘就好了。』

遺失的一分鐘。

也忘記了是從什麼時候開始，哥哥的靈魂常常會跑回來看我，一開始我有點嚇到、但後來倒也習慣了；甚至有時候我遇到好不開心的事情時，哥哥就會叫我閉上眼睛在心裡睡個覺，然後他的靈魂會進入我的身體替我面對；哥哥說沒有關係反正他已經死掉而死掉的人是不會有感覺的、因爲只剩下靈魂了。

所以我閉上眼睛在心裡睡個覺，醒來那些討厭的事情哥哥就會幫我處理完畢了，那是我開始喜歡雙胞胎的這件事情。

哥哥常常會告訴我關於天堂的樣子，哥哥說天堂和人間其實完全一模一樣：

『完全一模一樣喏！所以不用害怕死亡的，不過不能做壞事喔！不然就不能上天堂了。』

唯一的差別只在於靈魂在天堂都沒有感覺，所以天堂好和平，沒有感覺的靈魂，因爲身體已經死掉。

和平——

『我好喜歡天堂喏！在天堂媽媽都不會哭了，因爲沒有感覺了呀。』

「那爲什麼媽媽不來看我？」
『沒有辦法呀，因爲跟你雙胞胎的人是我呀。』
「喔。」
『你要不要閉上眼睛在心裡睡個覺？』
「爲什麼？」
『因爲我想帶你去看爸爸，我找到爸爸在台北的哪裡了。』

閉上眼睛，結果哥哥帶我找到的人不是爸爸，卻是妳。
『她就是那個女生！』
哥哥說。
而宋愛聖也說。
『日式老房子，彈鋼琴的小女生。』
你不可以愛上她。
哥哥又說，然後我沒辦法再聽見他說的話，因爲哥哥好吵，哥哥總是囉囉嗦嗦的。
「爲什麼？」
『因爲在另一個時空裡你們好快樂。』
「什麼意思、另一個時空？」
『另一個世界呀，時空交錯所延伸出去的另一個世界，在那裡你們好快樂。』

「聽不懂。」

『記不記得我遇見她的那天，那天你決定還是去打棒球，可是在另一個時空交錯的時間點裡是你決定不去打棒球跟我們去玩，然後你遇見她，然後你們相遇相識，然後你們好快樂。』

「那爲什麼我不能愛上她？」

『因爲那是另一個時空呀，在這個時空裡什麼都不一樣呀！你們也不一樣了，不會快樂的、在這個時空裡。』

「那怎麼辦？因爲我好像愛上她了。」

『那沒關係，那些時候就由我來替你處理，你知道，閉上眼睛在心裡睡個覺、我就會來了。』

「那這些錯開的時空最後會交會在一起嗎？」

『這我哪知道，我只是靈魂又不是神。』

「喔。」

『好討厭，就差那一分鐘……』

遺失的一分鐘。

『嘿！你快點回去。』

「別吵啦！我正在上通告耶。」

『眞的啦！她要離開你了。』

「什麼？」

『他們要去美國了。』

閉上眼睛，結果哥哥卻拒絕進入我的身體。

『我不能傷害他，我愛他。』

「哪個他？」

『你知道的，遺失的一分鐘之後，我繼續愛著的他。』

那是我第一次對哥哥發脾氣，更正確的說法是，我對所有人發脾氣，我任性的離開錄影現場丟開工作執意回家。

那是我被定位成難搞的耍大牌藝人的開始，因爲哥哥不再願意替我承受感覺。

回家——

『我不能再來陪你了。』

「靈魂不是沒感覺？那你幹嘛生氣我對你發脾氣！」

『不是因爲你對我發脾氣，而是靈魂一旦有了感覺就會消失不見。』

「就這一次，幫我和她說再見，我自己做不到！」

『對不起，我和媽媽在天堂等你。』

「哥！」

『再見。』

「哥！」

『還有，我沒有討厭你這個弟弟，我只是希望你是哥哥而我是弟弟而已。』

「……」

睜開眼睛，我看見爲我開門的妳，我想起哥哥遺失的那一分鐘，我想起在另個時空的快樂，我們遺失的命運。

『你今天沒通告？』

妳爲什麼眼睛不敢直視我？

「妳怎麼可以這麼自私？」

『他告訴你了？』

沒有，而妳到底要等到什麼時候才肯告訴我？

「妳怎麼可以要我爲妳留下來，卻又選擇離開我！」

『……』

「我可以退步我可以成全，那是因爲我認爲那樣我們才可能繼續下去，可是妳怎麼可以讓我失去妳！」

妳沉默，妳淚流，我想哄妳別哭泣，我想要妳留下來別走——但結果我什麼也沒說，因爲悲傷淹沒了我的聲音；在無聲的悲傷裡，我感覺到哥哥的到來，總是慢吞吞的哥哥，不能有感覺卻又到來的哥哥。

那是我最後一次感覺到哥哥的存在，我感覺到哥哥推了我一把，我於是順勢將妳抱住；在擁抱裡，我聽見心痛的聲音，妳的，我的，我們的。

閉上眼睛：

『我叫鄭立強。』

哥哥說。

『嗯？』

『那年妳問我的問題，我來不及的回答，命運欠我們的一分鐘。』

我沒聽過那麼悲傷的聲音。

『立場？』

睜開眼睛，我看不見哥哥，我只看見妳，另一個時空的妳，在另一個我的懷裡，在這房子裡，我們好快樂。

「我愛妳。」

另個時空裡的我，此時此刻，如此說道。

那個時空裡的我們，過得好快樂，而這個時空的我們，卻淚流。

那是我們之間最接近的距離，妳在我的懷裡，我們沒有距離。

沒有距離，也不見了哥哥的靈魂，只有眼淚，以及離別。

以及，心跳的聲音取而代之訴說的、我愛妳。

我不知道哥哥還在不在天堂裡，因爲哥哥說過，靈魂一旦有了感覺就會化爲烏有，但我知道哥哥那消失了的靈魂將會重新回到我們的生命裡，以新的生命新的姿態出現，而我還知道的是、我們會將他取名爲鄭立強。

雖然遲了好幾年。

「原來是會交會在一起。」

此時此刻，在兩萬五千英尺的高空上、在飛往美國的班機裡，我說道。

『嗯？』

「因爲不同的抉擇於是錯開的人生，最後還是會交會在一起的。」

『突然的、說什麼？』

妳笑說，然後把我的手握得好緊好緊。

緊握著妳的手，抬起頭，我看見玻璃窗上臉孔的倒影，倒影對我笑著，我知道，那是哥哥來自於天堂的祝福。

遙遙的祝福。

——全文完——

愛情，欠了我們一分鐘／橘子著. -- 二版
-- 臺北市：春天出版國際，2011.01
面； 公分. --（橘子作品集；07）
ISBN 978-986-6345-60-9（平裝）
857.7　　　　99025736
國家圖書館出版品預行編目資料

愛情，欠了我們一分鐘

橘子作品集 07

作　　者◎橘子
總 編 輯◎莊宜勳
主　　編◎鍾靈
封面設計◎克里斯
行銷企劃◎胡弘一

發 行 人◎蘇彥誠
出 版 者◎春天出版國際文化有限公司
地　　址◎台北市信義路四段458號3樓
電　　話◎02-2721-9302
傳　　眞◎02-2721-9674
E-mail　◎frank.spring@msa.hinet.net
網　　址◎http://www.bookspring.com.tw
部 落 格◎http://blog.pixnet.net/bookspring
郵政帳號◎19705538
戶　　名◎春天出版國際文化有限公司
法律顧問◎蕭顯忠律師事務所
出版日期◎二〇一一年三月二版二十六刷
　　　　　二〇一六年十月初版二十八刷
定　　價◎220元

總 經 銷◎楨德圖書事業有限公司
地　　址◎新北市新店區寶興路45巷6弄6號5樓
電　　話◎02-8919-3186
傳　　眞◎02-8914-5524
香港總代理◎一代匯集
地　　址◎九龍旺角塘尾道64號 龍駒企業大廈10 B&D室
電　　話◎852-2783-8102
傳　　眞◎852-2396-0050
排　　版◎浩瀚電腦排版股份有限公司
製　　版◎君崎印前科技股份有限公司
印 刷 所◎鴻霖印刷傳媒股份有限公司

版權所有・翻印必究
本書如有缺頁破損，敬請寄回更換，謝謝。
ISBN 978-986-6345-60-9
Printed in Taiwan